Chez les blancs, les morts oublient le pays de leur naissance quand ils vont parmi les étoiles. Nos morts n'oublient jamais cette terre magnifique, car elle est la mère de l'homme rouge.

Le Chef des Indiens Seattle. 1854.

L'OFFRANDE SAUVAGE

Né à Nîmes d'un père russe et d'une mère provençale, Jean-Pierre Milovanoff fait des études de lettres à Montpellier puis à Paris. Il produit des séries radiophoniques pour France Culture entre 1978 et 1993. Il écrit à la fois des romans, des pièces de théâtre et des recueils de poésie. On lui doit notamment *L'Ouvreuse* (1993), *Russe blanc* (1995), *La Splendeur d'Antonia* (1996, prix Delteil et prix France Culture), *Le Maître des paons* (1997, prix Goncourt des lycéens), *Presque un manège* (1998) et *Auréline* (2000).

JEAN-PIERRE MILOVANOFF

L'Offrande sauvage

ROMAN

GRASSET

À ma mère.

Croyez-moi. Toute vie est faite de jours, de nuits et de souvenirs. Mais le hasard est un animal affamé qui ne dort pas deux fois au même gîte. Depuis que j'observe le monde, j'ai souvent vu des hommes de valeur perdre en quelques foulées la voie heureuse et ne jamais la retrouver malgré leurs mérites. Je raconterai l'histoire de l'un d'entre eux. Une histoire qui, par chance, n'est pas la mienne.

Un homme possède une ferme dans la montagne, des prairies, des bois, du bétail. Il a une épouse mince et fervente, deux garçons jumeaux, une fille. Quand il se tient, le soir, sur la terrasse, les épaules hautes comme un préau, et qu'il observe à l'horizon, avec un visage impatient, les fumées qui s'élèvent dans la vallée ou les boucles de la rivière, chacun se dit qu'il ne lui manque rien pour être heureux. Mais qu'est-ce qu'on en sait? Toute vie est faite de jours, de nuits et de souvenirs.

Or, justement, au cours d'une nuit de janvier, alors qu'il neige sur le toit et que les coqs dorment dans l'ombre, l'ennemi arrive à la ferme, égorge la femme et la fille, pend les jumeaux, puis met le feu aux bâtiments. Une plaie ouverte à l'épaule, la joue crevée, le maître des lieux est laissé pour mort dans la cendre.

Croyez-moi. Le hasard est un animal affamé et personne ne pourrait dire où il logera cette nuit. Cependant, la rivière coule toujours et l'herbe pousse sur ses rives, même quand le vent fait tourbillonner les flocons au-dessus des murs calcinés. Et quelques semaines plus tard, quand le fermier sera rétabli par les soins d'un vieux régisseur, c'est encore elle, la rivière, composée de gouttes de pluie, qui le guidera vers la plaine où il y a des enfants qui jouent, des femmes belles, des livres dorés sur les tables, des chambres d'hôtel où un homme défiguré peut dormir sans qu'on lui demande son nom, mille gîtes pour le hasard qui dévore les souvenirs.

Voilà. Je suis allé presque aussi vite que le feu, l'eau et le vent. Mais je n'ai pas dit l'essentiel qui précéda la tragédie et lui résista. Maintenant que le rescapé, les yeux secs, le cœur détruit, dérive au fil du courant sur un train de bois flotté, je vais revenir en arrière et reprendre l'histoire par le début. Puis je raconterai comment le destin de ce fugitif croisa le mien...

CHAPITRE 1

Péché d'orgueil

Un matin de janvier 1919, à Col-de-Varèse, un village qui a changé de nom plusieurs fois au cours des siècles, on trouve un enfant dans la neige. On le réchauffe, on l'habille, on lui frotte la bouche avec de l'huile. Le curé le baptise dans son église et l'appelle Jean Narcisse Éphraïm Marie Bénito. Un riche fermier qui n'a pas de fils prend le petit Jean avec lui. Désormais le garçon aura une chambre dans la montagne. De sa fenêtre il apercevra des troupeaux, le ciel changeant, la gelée blanche sous les arbres, la ligne des crêtes. Avec le passage des oies, haut sur la vallée, son esprit s'éveille aux questions. D'où viennent les oies ? Pourquoi sont-elles si pressées ? Où dormiront-elles ce soir ? Est-ce la crainte qui les chasse ou l'espérance qui les conduit ? Plus tard, quand l'enfant sera devenu un vieil homme qui dessinera sur le sable avec ses gros doigts déformés, ces questions le tourmenteront de nouveau. Inutilement. La leçon que chacun retient de son expérience lointaine ne pèse pas plus qu'un duvet sur la tête de la fourmi.

Maintenant l'enfant a grandi, il est fort, il aime courir et jouer, se cacher derrière une robe ou un meuble, il n'a peur de rien, on dirait le petit d'un ours, qui aurait les yeux bleus et s'avancerait en grognant au milieu d'un peuple d'abeilles. Quand il saisit, entre ses doigts, la pomme rouge qu'on lui a tendue, personne ne peut la reprendre, à moins de lui glisser à l'oreille quelques chansons ou de l'embrasser dans le cou. À table, son père adoptif pose la cuillère contre l'assiette et le regarde avec fierté en clignant les yeux. Après le dessert, il le reconduit dans sa chambre et attend qu'il soit endormi avant de se retirer doucement. Encore laisse-t-il la porte ouverte pour le cas où le dormeur appellerait dans son sommeil.

Si l'orgueil est bien le péché des péchés, la faute qui contient tous les manquements à venir, sans doute est-ce un péché d'orgueil de regarder longuement, en silence, l'enfant qui dort, enfoui sous un édredon, et de vouloir qu'à son réveil il trouve au chevet de son lit les habits de soie des géants. Peut-être est-il interdit aux mortels d'imaginer à l'avance une gloire que la bête hasardeuse déchirera d'un coup de dents quand elle aura faim.

Fourmis noires

Mais il est temps de présenter ce fermier qui n'a pas de fils. Il s'appelle Jardre. Et de son prénom : Bienvenu. Sa famille passe pour la plus ancienne de la région. Une des plus possédantes, par conséquent. Ce qui ne veut pas dire qu'elle dispose d'argent frais, bien au contraire. Forêts jeunes et vieux glaciers n'emplissent pas le bas de laine, dit le dicton qui résume la sagesse des montagnards. Et il est vrai que les domestiques de Bienvenu n'entendent les pièces sonner dans les poches de leur patron qu'une fois l'an, quand le maître a vendu son bois.

À quarante ans, Bienvenu Jardre, que tout le pays appelle déjà le vieux Jardre, est un homme déroutant, peu facile à vivre, lunatique et sujet à la distraction. Même en plein jour, il garde une allure d'oiseau de nuit, se déplace lentement, ou par à-coups, comme si ses pieds étaient retenus par des poids. Quand il y a une décision à prendre d'urgence, il ne dit ni oui ni non, mais porte la main à ses yeux et laisse voir par la fente de ses paupières une lueur grise comme la pointe d'un clou neuf. Tantôt il scrute les gens qui lui parlent comme s'il les voyait pour la première fois, tantôt son regard fuit le long des murs et s'attarde sur des reflets que personne ne remarque. Est-il candide ou astucieux, innocent ou neurasthénique? Même la vieille Lise, sa cuisinière, ne peut le dire.

J'ai mon opinion sur le vieux Jardre. Je prétends que la vie l'écorche facilement et qu'il a besoin, pour la rendre légère comme un vin blanc, d'un petit bagage de ruses qui tiendrait dans les quatre coins d'un mouchoir. Si je dénouais le mouchoir sans plus attendre, que découvrirais-je? L'habitude (ou la volonté) d'accorder plus de prix aux senteurs boisées d'un cigare qu'aux victoires des maréchaux; l'art de cacher la détermination sous la lenteur et d'agir sans prendre conseil; une manière toute personnelle de somnoler sur la terrasse, les yeux mi-clos, au lieu de bondir au-devant de l'opinion quand elle réclame des actes, des têtes, des représailles.

Les familiers de Bienvenu, qui sont peu nombreux, pensent que sa bizarrerie s'est aggravée depuis qu'il est veuf. Tous se plaignent à demi-mot de ne pas prévoir ses brusques revirements, et surtout de ne pas comprendre pourquoi, en l'absence de causes précises, il passe si vite de l'exaltation à l'abattement, ou l'inverse. C'est le meilleur des hommes, disent-ils, mais on ne sait jamais ce qu'il veut, un jour une chose et le lendemain son contraire.

En dépit de ses sautes d'humeur et de ses lubies, maintenant qu'il a la charge d'un fils adoptif, Bienvenu ne manque pas de suite dans les paroles. Sa propre enfance a été chaotique et bâclée, à ses yeux du moins. Comment se soustraire à la honte de savoir tout juste écrire son nom ? Pour se venger de sa propre ignorance, le vieux fermier fera donner à l'enfant l'instruction que lui-même n'a pas reçue.

Voilà pourquoi un matin d'octobre pluvieux, Bienvenu Jardre, en costume de demi-deuil et melon noir, conduit lui-même à l'école son protégé dans la carriole à quatre roues, repeinte de frais. Quel événement ! Pour le décrire, il faudrait des mots qui n'auraient jamais servi aux menteurs, des mots frêles comme des coquilles d'amande pleines de silence et de larmes, des mots qui résonnent dans la poitrine comme des appels dans un bois.

L'école que va fréquenter Petit Jean n'a rien d'un édifice grandiose. C'est une ancienne étable aménagée, derrière l'église. Il n'y a qu'une classe pour tous. Le curé fait l'instituteur. Assis au milieu de garçons plus âgés que lui, l'enfant respire les odeurs de bouse et de bois qui sont les odeurs de partout, la transpiration des montagnes ; et il n'est pas dépaysé. Du matin au soir, ses yeux bleus vont et viennent entre les épaules des grands, et son petit visage d'ours en quête de miel cueille les questions du vieux prêtre avant qu'il ait fini de les poser. Mais à mesure qu'il apprend à reconnaître dans les livres, et à reproduire avec son crayon, les fourmis noires de l'alphabet qui tissent l'histoire du monde, les limites de Col-de-Varèse reculent. Par-delà les conversations dans les granges, les soupirs et les grognements près du feu, les plaintes des vieilles, la colère des bergers rappelant leurs chiens dans la brume et le tintement des clarines, l'écolier perçoit les milliers de vies qui l'attendent comme des ombres dans la forêt.

Croyez-moi. La vérité est enfermée sous tant de plis et de replis, elle gît si profondément sous la pierre et l'herbe gelée que même la longue bêche du fossoyeur ne la déterrera pas en un jour. C'est pourquoi les histoires fausses, les fables, les éclats de rire et les voix qui nous accompagnent de loin en loin sont toujours si appréciés de nous autres, les bons à rien, qui n'avons que le rêve pour espérance. Elles adoucissent la peine et raniment les illusions que le temps n'a pas retenues. Elles ont la couleur du vin glacé qu'on ramène de la cave et qui se répand en pivoines sur la langue qui le réchauffe. J'y reviendrai.

CHAPITRE 2

La marguerite

Depuis que Petit Jean, l'enfant trouvé, passe six journées sur sept à l'école, le fermier n'a plus d'appétit et n'est plus le même. Le matin, il ne quitte pas sa chambre. L'après-midi, il fait la sieste sur la terrasse où il a tiré un fauteuil dont les bras de chêne sont lisses comme des os. Mais il ne peut fermer les yeux sans voir un enfant dans la neige. Et c'est l'enfant qui n'est pas là, celui qu'il attend jusqu'au soir sans vouloir rien d'autre qu'attendre.

Ah! Jean Éphraïm! dit-il à mi-voix. On t'a réchauffé, on t'a vêtu, on t'a frotté la bouche avec de l'huile! Le curé t'a choisi des noms pour te distinguer de la bête. Je t'ai donné une chambre dans la montagne. Et depuis que ton esprit s'est éveillé avec le passage des oies, tu t'enfermes du matin au soir dans cette classe qui n'est qu'une étable repeinte et tu me négliges. Encore si, après ta journée, tu te précipitais dans le chemin pour revenir. Mais tu prends ton temps, tu musardes, je crois même que tu m'oublies!

C'est ainsi que le vieux fermier qui n'a pas de

fils parle tout haut sur la terrasse où il a tiré un fauteuil. Soudain, il saisit les jumelles qu'il a dérobées à un mort au cours d'une guerre dont personne ne parle plus, il scrute l'azur du sentier, ne voit qu'amoncellement de neige et de feuilles, des oiseaux immobilisés dans le froid, quelques nids, mais nulle part la silhouette de l'enfant découpée par les ciseaux bleus.

Ah! Jean Bénito! reprend-il. Je t'ai entouré d'attentions et de vanités. Je t'ai protégé comme un père. Pendant que la vieille Louise, qu'on appelle Lise depuis toujours, te réchauffait contre ses seins piquetés de taches de son, je retenais mon souffle en ton honneur. Et quand tu sautais dans ses bras comme un bout de lard dans la poêle, moi qui n'ai pas de religion, j'ai prié pour ton avenir. Résultat, tu préfères l'étude à ma triste conversation et j'ai découvert ce matin, pour la première fois sur mes tempes, cette pincée de cheveux blancs qu'on appelle la marguerite.

Âmes captives

Pour comprendre la grogne de Bienvenu, il faut savoir que son protégé, au cours de l'hiver, est devenu l'enfant prodige de la montagne. Il a appris son alphabet en quelques jours, les neuf chiffres en quelques semaines. À présent que le printemps s'annonce dans les chemins par une traînée d'aubépines, il ne se passe pas une heure sans qu'il n'émerveille le prêtre par ses questions.

Il est vrai aussi que l'enfant, la classe finie, n'est pas pressé de revenir vers la maison dont les hautes vitres scintillent dans le couchant.

Quand on a sauté tout le jour d'un verbe à l'autre comme sur les pierres d'un gué, difficile de retrouver le chemin droit. Petit Jean vagabonde, court, fait semblant de se perdre ou d'être invisible, compare ce qu'il voit et ce qu'il suppose, et il s'étonne longuement.

En mars, il a découvert un sentier à moitié comblé par les ronces où même le démon qui a des yeux partout n'aurait pas l'idée de fouiller. Dès qu'il est libre, l'écolier vient rêver dans ce long tunnel de broussailles. Il ne touche pas aux nids mais observe les insectes qui se déplacent sous leurs carapaces tragiques. Croyez-moi. Le monde est peuplé d'âmes captives que l'on ne délivrera pas en soufflant dessus. Chaque gouttelette de vie est détenue dans une roulotte précaire entourée de cornes, d'antennes, d'élytres, de pattes, de mandibules. Chaque particule s'active jusqu'à la mort dans sa prison. L'enfant se penche, s'agenouille. Il voudrait pouvoir regarder autrement que l'œil ne les voit tous ces pièges de solitude où la vie un instant s'est prise, s'est engluée, dans l'attente des délivrances. Il lui faudrait l'éternité oisive d'un dieu pour visiter chaque fougère et compter toutes les coccinelles qui s'envolent d'une main endormie depuis l'origine du monde.

Mais bientôt, on le comprendra aisément, le garçon en a assez des araignées dans les cheveux et des bestioles qui le piquent dans le cou. Pour la première fois, à la mi-mai, il descend seul à la rivière. De loin, entre les troncs noirs des mélèzes, ce n'est qu'un miroitement immobile comme les écailles d'un dragon décapité par la lumière. À mesure qu'il s'en approche, le scintillement se déplace, s'anime, se liquéfie et se reconstitue plus loin, entraînant le regard vers l'horizon.

Jean resterait volontiers jusqu'à la nuit à guetter la sortie des loutres ou le passage des bois flottés mais le fermier sur la terrasse s'exaspère et sonne du cor. Alors il s'arrache à l'extase et revient en courant dans le chemin prendre place à la longue table où fume la soupe de pois.

Une insomnie

— Tu ne dors pas, Petit Jean?

— J'ai pas sommeil.

— Quelque chose te tracasse?

— Pourquoi les chasseurs ont tué le loup ce matin?

— Parce qu'il était méchant.

— Où est-il maintenant?

— Armand l'a suspendu à un crochet sous la terrasse.

— Pourquoi?

— Parce qu'il sent mauvais.

— Demain, je lui toucherai les dents. Comme ça, je verrai s'il est bien mort.

Notre intendant

Parmi les nombreuses personnes vivant sur le domaine des Jardre toute l'année, il y a Armand, le régisseur, qui distribue la tâche aux journaliers et s'occupe des écritures. Ceux qui ne l'aiment pas font remarquer qu'il est étranger au village et qu'il doit les privilèges de sa position à ses seuls talents de nageur. C'est lui qui a retiré de la rivière le corps sans vie de Rosalie, l'épouse de Bienvenu. Depuis ce jour, il dispose d'une grande chambre et d'une cuisine dans la demeure des Jardre, la « Maison haute », et il jouit de la confiance de son patron qui n'hésite pas à l'appeler « notre intendant », quand il veut l'amadouer.

Le visage osseux, les pommettes larges, des yeux gris-vert à fleur de front, il n'élève jamais la voix, ne prévient personne de ses projets, fume ses propres cigarettes, se tait plutôt que de discutailler, surtout quand il a raison, mais n'accepte aucune familiarité ni aucun écart de langage, et ne cède jamais sur les vrais intérêts de Bienvenu, qui sont peut-être les siens. Pour en imposer aux chasseurs de coqs de bruyère, si nombreux dans le pays (je parle des chasseurs, pas des coqs), il porte des vestes de garde-chasse, pourvues de poches à revers et de cartouchières, alors qu'il déteste les fusils, les affûts, les coups de feu, le gibier, la vue du sang. On rappelle avec indignation à Col-de-Varèse qu'il refusa d'offrir à boire à des conscrits qui s'étaient amusés à décapiter des canards, rien que pour les voir courir çà et là sans comprendre qu'ils étaient morts.

Armand estime qu'il n'a de comptes à rendre à personne, sur la terre comme au ciel, sauf à Bienvenu qui ne lui demande rien. En général, il passe toutes ses journées dehors, quel que soit le temps, et il prend ses repas seul. Deux fois par mois, il parcourt la totalité des domaines, une inspection qui réclame trois grands jours ou davantage selon les travaux à surveiller. Comme Bienvenu lui a fait cadeau d'une prairie et d'une hutte de rondins au-dessus des Adrets, les mauvaises langues prétendent qu'il n'accomplit cette tournée que pour surveiller sa luzerne et dormir en paix dans sa cabane. Je ne vois pas où est le mal.

Avant de se fixer à Col-de-Varèse, Armand a voyagé. Et il a vécu. De ces voyages et de ces vies, il a ramené des manières, des ombres, de l'élégance, un vocabulaire étendu, de la perspicacité et surtout du détachement. Et je me garderais bien d'oublier, car ils feront rêver bientôt Petit Jean, les quelques colifichets ou bricoles qui transforment la chambre de l'intendant en caverne d'Ali Baba : une boîte de quarante-huit crayons de couleur, chacune différente de sa voisine, un vaporisateur à parfum dont le flacon en verre rouge a la forme d'une gondole, un tapis turc, une minuscule mallette d'osier pleine de photographies de matelots, des coupons de soie brodée de fils d'or avec des franges plus légères que des cheveux, un phonographe à manivelle et à pavillon, fabriqué en Allemagne, que l'enfant n'a écouté qu'une seule fois mais que le régisseur actionne volontiers, quand il est seul, au cœur de la nuit, pour entendre *Una furtiva lacrima,* chanté par monsieur Caruso.

Le civet

La veille de Pâques, Lise choisit un lapin au museau rose et au poil bouffant, père d'une famille nombreuse. Avec sa vivacité habituelle, tout en chantonnant, elle tient la bête la tête en bas et l'assomme d'un coup de rouleau. Aidée par Armand qui immobilise la victime mais se détourne pour ne pas assister au meurtre, elle plonge la pointe d'un coutelas derrière l'oreille du lapin et le vide de son sang dans une cuvette émaillée où elle a coupé des morceaux de pain rassis pour préparer le « sanquet », un plat provençal dont la recette lui a été transmise par sa grand-mère. La cuvette se remplit d'un sang vineux, l'animal devient inerte. Éphraïm, les yeux à hauteur de la table, assiste aux diverses opérations sans dire un mot.

— Pourquoi tu me regardes comme ça ? Tu as faim ?

— Non.

— Tu es curieux ?

— Oui.

— À quoi penses-tu ?

— Le lapin est mort maintenant ?

— Bien sûr ! Tu vas voir, je vais lui enlever son petit manteau.

Et d'un geste précis, effroyable, la vieille Lise, les mains souillées de sang, le visage rouge, retire la peau du lapin comme on retourne une bottine de fourrure pour voir l'intérieur. Maintenant le « petit manteau » est suspendu à un crochet et l'écorché repose sur la planche à découper. Lise se lave les mains dans l'évier et saisit le hachoir qu'elle a aiguisé ce matin sur la meule grise qui est dans la cave. Éphraïm ne dit rien et regarde les coups qui tombent sur la planchette. Bientôt, en lieu et place du lapin, il y a des morceaux de viande de taille diverse.

— Et voilà, il ne reste plus qu'à le cuire avec des oignons, déclare Lise quand elle a fini.

— Pourquoi tu travailles tout le temps ? demande l'enfant.

— Hé ! Si je ne prépare pas le repas, qu'est-ce que tu mangeras demain ? Toi aussi, tu dois travailler à l'école.

— Oui. Mais toi, tu es vieille. Tu mourras bientôt.

— Quand Dieu le voudra, mon petit. Nous sommes tous entre ses mains.

Le lendemain, à l'heure du repas, Éphraïm est

introuvable. On le cherche autour de la maison, jusqu'à la lisière de la forêt. Bienvenu est comme fou. Dans son émotion, la vieille Lise, qui perd rarement son sang-froid, laisse brûler la sauce du civet. Armand hausse les épaules, convaincu que rien de grave ne peut arriver au garçon. Et en effet, au milieu de l'après-midi, le curé ramène l'enfant qui s'était enfermé dans la classe pour lire.

— Tu n'avais pas faim ? demande Lise.

— Je ne veux pas manger le lapin.

— Et c'est pour ça que tu nous as fait tourner les sangs ?

Lise rentre au pays

Pendant que l'enfant passe ses journées entre les épaules des grands dans l'étable qui sert d'école, deux événements, dont les suites apparaîtront beaucoup plus tard, se produisent dans la Maison haute.

Un après-midi, le régisseur, au retour d'une tournée plus longue que d'habitude, est pris d'un malaise sur le seuil de l'écurie. On croit qu'il a reçu un coup de sabot, on le soulève, on le transporte sous la pompe où il se réveille pour dire que ce n'est rien, non, non, rien du tout, juste une faiblesse due à la fatigue, au soleil, peut-être à la soif. Le lendemain, il a de la fièvre et voit un marin, accroupi sous le phonographe. « Je ne voulais pas te tuer ! hurle-t-il. Va-t'en ! Laisse-moi ! »

Les jours suivants, Armand va mieux. Plus de fièvre. Plus de matelot. Plus de cris. Mais il a encore les mains moites, il tousse et crache du sang. Et le matin, quand il descend à la cuisine, il titube dans les couloirs, un petit mouchoir sur la bouche. Néanmoins, après deux semaines, il déclare qu'il est guéri, se remet à rouler ses cigarettes et reprend ses longues tournées.

Un malheur ne vient jamais seul. Maintenant voici le second. La vieille Lise, qui dirige l'office et le train de la maison depuis trente ans, se brise le col du fémur et exige d'être ramenée chez elle, dans son village. C'est de l'autre côté de la frontière, un corbeau pourrait s'y rendre et en revenir dans le temps d'une extrême-onction. Mais il faut descendre dans la vallée et remonter par l'autre versant en longeant la combe du Cerf. À cause du dégel qui a commencé et des fortes pluies de printemps, le voyage est long et pénible. Bienvenu conduit la mourante dans une carriole bâchée. En chemin, il pense à l'enfant que sa domestique a trouvé un jour dans la neige. C'est elle qui l'a réchauffé et qui l'a vêtu. Et c'est lui, le fermier aux tempes blanchies, qui est allé chercher sa meilleure huile pour la bouche du nourrisson.

— Lise, vous savez qui est la mère de Petit Jean ?

— ...

— Ne gardez pas votre secret ! Il est temps de me le dire !

— ...

— J'ai le droit de le connaître. Et l'enfant aussi.

La servante remue les lèvres et murmure des mots indistincts. Peut-être sont-ils sans rapport avec la question qu'on lui pose. Peut-être demande-t-elle à boire tout simplement. Bienvenu croit saisir le nom de Lucrèce, une mal-aimée qui vit dans une masure au bout du village, au milieu des porcs et des oies.

— Lucrèce? Ne me dites pas que c'est Lucrèce!

La pluie redouble sur la bâche de la carriole. La mule, effrayée par les éclairs, perd le sentier. Lise s'est tue. Le fermier comprend qu'il n'obtiendra plus de réponse. À tâtons derrière lui, du bout des doigts, il ferme les yeux de la morte. Maintenant il a d'autres soucis. Il doit franchir de nuit, dans la boue, la crête qui sert de frontière et s'aventurer seul dans un pays qu'il connaît mal. Comment sera-t-il accueilli? Vingt ans plus tôt, les hommes de ce village et ceux de Col-de-Varèse se sont livrés à des exactions réciproques pour une histoire d'étalon et de granges incendiées. Depuis, les deux camps considèrent qu'ils ont remporté la victoire et restent sur la défensive.

Le jour n'est pas levé quand Bienvenu arrive aux premières fermes. Il en choisit une au hasard et pénètre dans une grande cour à arcades, dont le sol est inondé. Un bossu, armé d'une carabine, le met en joue et lui demande d'une voix rude ce qu'il vient faire. Par chance, c'est le gendre du bedeau, un cousin germain de Louise. Quand on porte le corps ruisselant dans la salle basse, pour le revêtir du demi-drap qui lui servira de linceul, Bienvenu découvre que la paupière droite de Lise est remontée. Il lui semble que la domestique, de son œil définitif, le juge avec sévérité.

Les obsèques ont lieu le lendemain, en présence de tous les hommes du village. Pas de pleurs. Pas de discours. Mais de rudes poignées de mains. Bienvenu passe la semaine sans dessoûler.

Sur le chemin du retour, le vieux fermier, bringuebalé dans la carriole et dégrisé, songe qu'il doit remplacer Lise et il se demande par qui. Comme le soir tombe, l'idée lui vient de passer la nuit chez son cousin Vlad, le maquignon, et de traiter avec lui, bien que ce soit une personne peu fréquentable.

Vlad — qu'on appelle Vlad Vif-Argent pour le distinguer de son oncle Vlad Tête Bleue et de Vlad Cassebois, son propre fils — a le regard froid, les mains évasives. Il aime la boisson plus que l'amour et le jeu plus que la boisson. Toujours prêt à troquer sa mule contre un cheval, comme disent les montagnards, seul le vent connaît le pays mieux que lui. Mais le vent ne gagne rien à tourner autour des mélèzes, tandis que le maquignon a formé de jeunes voleurs de poulains, qu'il paie en carreaux ou en trèfles, autant dire en monnaie de singe. Avec quatre dés dans la main, au lieu de trois, et un paquet de cartes graisseuses, Vif-Argent n'ignore pas qu'on peut faire le tour des hameaux en étant partout bien reçu. Il a mené cette existence de tricheur pendant vingt ans, entre les séjours en prison. Il a gardé de ces tournées l'habitude de laisser une porte toujours ouverte derrière lui et celle de glisser sous sa chemise, à même la peau, au bout de la chaînette d'or où l'on suspend la médaille du saint Christophe, un rasoir mince et affûté comme une œillade.

Avec l'âge (il a cinquante ans), Vlad a pris du poids et de la lenteur. Une nostalgie lui est venue. Et de la rancune. Marié à la sœur du forgeron, qui lui mène la vie dure, il regrette les nuits d'été où il jouait devant les granges jusqu'au matin, sous l'œil complice de la lune, plumant les vieux journaliers hébétés devant qui il faisait semblant d'être ivre. Il reprendrait la route volontiers, n'étaient les affreuses brûlures de son estomac après le repas, et son cœur qui ne vaut rien.

Vlad et Bienvenu se connaissent depuis trente ans. Ils ne s'aiment pas. Mais chacun sait quel bout de la corde tient l'autre. Une fois l'affaire exposée, le maquignon voit le parti qu'il peut en tirer et propose sa fille aînée, Margarita, qui a des allures de garçon. Comme elle mange plus qu'un moissonneur et que l'air des cimes convient à ses crises d'asthme, ce serait faire d'une pierre deux coups. Mais Margarita refuse le marchandage et se barricade au grenier. Alors, puisque la cadette a filé avec un forain, c'est la benjamine qui prépare son balluchon.

Eliana a dix-sept ans, une taille mince, des cheveux couleur de tilleul et quelque chose dans les yeux qui rappelle le chat sauvage. Il y a peu, elle était encore une enfant qui jonglait avec des balles en tissu qu'elle fabriquait elle-même. Elle continue, en cachette, de s'exercer, se dit qu'elle pourrait être une artiste et rêve d'un engagement dans un cirque. Sait-on jamais ? Son arrivée en plein jour à Col-de-Varèse, dans la carriole d'un riche veuf, fait sensation.

CHAPITRE 3

Précision

Eliana! Eliana Vitti! La jeune Eliana! Je ne peux penser à elle aujourd'hui sans me souvenir de ma marraine qui portait le même prénom et m'a élevé. J'ai tant de gratitude pour ma parente qu'il m'est impossible d'attribuer le moindre défaut à l'autre Eliana, celle qui vécut à Col-de-Varèse et connut l'amour partagé. La coïncidence des prénoms ne me gêne pas, au contraire, j'y vois comme une attention du hasard, d'habitude moins prévenant. Néanmoins, pour éviter la confusion, quand il s'agira de la fille de Vif-Argent, je dirai désormais : la jeune Eliana, ou plus simplement Eliana. Quand j'aurai à évoquer ma seconde mère, je préciserai : ma marraine Eliana, ou ma tante Eliana; ou encore, ma bienfaitrice. Au passage, je dois préciser que les deux femmes, à ma connaissance, n'ont aucun lien de parenté et ne se croisèrent jamais.

Je suppose, sans preuve aucune, qu'Eliana, la jeune Eliana, n'était pas mécontente de quitter un père brutal et grossier. Dès le premier regard, de cela je suis presque sûr, elle a aimé la Maison haute, le grand pré sous la terrasse, les cimes qu'on voit des fenêtres. Oui, la vieille bâtisse lui plaît et elle s'y plaît. Ce n'est pas rien de disposer pour la première fois d'une chambre qui ferme à clé et d'être princesse chez soi, après le travail. Le bonheur viendra par la suite, s'il doit venir. Pour l'instant, elle arrange la petite pièce selon son goût, elle la décore de quelques tissus qu'Armand lui prête, elle fait des projets : elle respire.

Quant à Bienvenu, en dépit de son air bougon, je ne serais pas surpris qu'il ait été vite séduit par la discrétion, l'à-propos, la présence silencieuse d'Eliana. Se doute-t-il que ces qualités cachent beaucoup de résolution et de braise, et que jamais la fille de Vlad ne se laissera dicter sa conduite ? Quand elle passe dans les couloirs en portant des draps, c'est à peine si l'on entend sa robe battre sur ses chevilles et il faudrait avoir l'oreille bien plus exercée que le vieux Jardre pour deviner à quelle porte elle s'arrête. Mais le bonhomme a-t-il besoin de sa pelisse et de son chapeau pour se rendre chez un voisin, la servante se tient devant la porte, le manteau sur l'avant-bras, le melon brossé dans les mains. Et l'on peut lire dans ses yeux : « N'allez pas vous tromper sur moi, monsieur Bienvenu. Si je fais le portemanteau, c'est de mon plein gré. L'auriez-vous exigé, vous n'auriez rien eu. »

Quand les sentiments changent, tout change, dit le dicton qui se vérifie ici même. En quelques jours, quelques semaines tout au plus, la maison est bien différente. Il est vrai que, les premiers jours, Petit Jean se plaint de ne plus avoir près de lui la vieille Lise dont il connaissait les caresses. Il s'attend à la revoir au pied de son lit chaque matin ou derrière les fourneaux quand il rentre de l'école. Il lui arrive aussi, pendant les repas, de la chercher derrière son dos dans le vide des grandes portes. Ce qu'il ressent dans ces heures d'incertitude, il ne peut le dire à personne.

C'est vers cette époque, je crois, ou peu après, que lui vient une pensée difficile à admettre si l'on n'a pas la tête un peu dérangée comme moi. Il se persuade que toute minute vécue n'est que la prémonition d'une autre plus glorieuse qui se produira plus tard dans tout son éclat. Fort de cette conviction, il considère chaque épreuve — l'ignorance du nom de sa mère étant la première, la disparition de Lise la plus récente — comme le gage d'une royauté à venir, un signe posé sur son front par une main douce et sereine, sortie des cendres. Un soir de printemps, par exemple, après que le cor a déjà sonné plusieurs fois, l'enfant voit un renardeau arriver vers lui dans les chênes. Il entend le frottement léger de ses pattes sur les cailloux, il admire la sveltesse de l'animal et la nonchalance de son allure. Et il est bien incapable de faire un geste, quand même sa survie en dépendrait. Soudain la bête flaire l'ennemi, elle lève le museau dans sa direction, s'immobilise un court instant pour prendre la mesure du danger, pousse un gémissement aigu comme une plainte de veuve et poursuit sa route sans plus de hâte que si l'intrus avait été un arbrisseau, entouré de lierres. Alors l'enfant trouvé, le prodige de la montagne, comprend qu'il n'a pas croisé un simple animal au pelage roux et puant, mais qu'il a eu affaire au roi des renards portant un message de Lise. Et il se jette dans les buissons, le visage en pleurs.

Conversation de nuit

— Tu ne dors pas, Jean Éphraïm ?

— J'ai pas sommeil.

— Qu'est-ce qu'il t'arrive ? Tu pleures ?

— C'est parce que j'ai vu un renard cet après-midi.

— Eh bien ? Ce n'est pas la première fois ?

— Non. Mais celui-là me connaissait.

— Allons donc !

— Il s'est approché de moi. Il m'a flairé et j'ai vu qu'il ouvrait la bouche comme s'il avait voulu me parler. Il voulait que j'aille avec lui, dans son terrier.

— Tu as trop d'imagination, Jean Éphraïm. Les renards, je les connais bien. J'en ai rencontré des dizaines. Ils ne sont pas aussi malins qu'on le prétend. Beaucoup moins rusés que les loups. On organisera une battue et la bête sera tuée. On suspendra sa peau sous la terrasse pour lui apprendre à te faire pleurer. Dors maintenant !

La Saint-Varèse

Cette année-là, si je ne me trompe, la Saint-Varèse tombe un dimanche. Tout le village est pavoisé pour fêter son fondateur, qui vécut au xᵉ siècle. Après la messe, les enfants réitèrent le

sacrifice du martyr en allant dans la montagne
« nourrir les oiseaux affamés ». Petit Jean n'est
pas le dernier à jeter du lard aux corneilles. Au
retour, comme tous ses compagnons, il remplit
son sac d'orchidées sauvages et de gentianes,
qu'il déverse devant l'église en scandant :

Saint Varèse, donne-nous
Plus de moutons, moins de loups !

Le rituel qui entoure cette comptine évoque le
dernier miracle du saint. Il en existe plusieurs
versions. Je donne ici la plus connue, celle qui
fascina le jeune Éphraïm.

À cent dix ans, le moine Varèse (Vrasic, selon
d'autres sources) rêve qu'un ange lui ordonne
de ramener dans la voie du Seigneur quelques
brigands qui dévastent le pays. Dès son réveil,
sans perdre du temps à peigner sa barbe, il
enfourche la mule que ses disciples lui ont
offerte et il s'éloigne dans le brouillard. Tap tap.
Tap tap. Il voyage pendant dix jours. Quand il a
faim, il ramasse une poignée de neige et c'est
son repas. Si les oreilles de sa monture, sous
l'effet durcissant du gel, se dressent comme des
quilles, il les réchauffe de son haleine de sain-
teté à trente-sept degrés centigrades. On dit
même que, le soir, pour dormir à la belle étoile,
avant d'utiliser la bête comme coussin, l'ermite
fait une flambée en prenant pour bois d'allu-
mage des morceaux de glace éternelle, un tour
de force que les illusionnistes d'aujourd'hui
admirent sans le comprendre.

Enfin, le douzième jour, Varèse (ou Vrasic)
parvient au sommet d'un col. La mule qui se
doute de quelque chose tremble de tous ses
sabots. Mais le moine la presse des talons et lui

promet double ration de picotin. Promesse abusive. Car les bandits, qui s'étaient postés dans les rochers, tirent leurs sabres et s'élancent sur leurs petits chevaux montés à cru.

L'histoire dit que le visage de l'ermite ne montra aucune frayeur et que son âme resta en paix au milieu des assauts, « de même qu'une gouttelette de pluie, dans les fissures d'un rocher, ne ressent pas l'effet de la bourrasque ». Admettons. Mais le voyageur n'était pas un homme de pierre. Quand il vit sa bête égorgée, une larme roula sur sa joue. Une telle faiblesse chez un religieux réjouit le chef des brigands, le terrible Bélaroth qui n'avait pas souri depuis le berceau, dit la légende. (Il n'avait pas pleuré non plus.)

— Tu passes pour un homme détaché des biens de ce monde et tu regrettes un bourricot !

— C'est la preuve, répondit l'ermite, que je ne suis pas très avancé dans la perfection.

— Oh! Tu as la langue bien pendue et tu m'amuses. Cela mérite un dédommagement.

(Comme le magnétophone n'avait pas encore été inventé, il est possible que ces propos rapportés par la tradition aient été un peu déformés.)

— Un dédommagement pour ma vieille Armanda ? s'étonna Varèse (ou Vrasic).

— Demande-moi ce que tu veux ! Et dépêche-toi ! Il fait froid ici.

Le moine ne prit pas le temps de calculer et déclara qu'il se contenterait pour cette fois de cent cinquante mille pièces d'or, de quoi bâtir des ermitages dans le pays et accroître d'autant ses mérites.

À l'énoncé de cette somme, Bélaroth faillit s'étouffer de colère.

— Personne ne voulait de ta carne quand elle vivait et sa carcasse vaudrait un trésor !

— Tu m'as dit de fixer mon prix. En comparaison de tes fautes, il est extraordinairement bas.

— Sais-tu ce que représente une telle somme ? Pour dix fois moins, l'archevêque de Cuneo vient d'acquérir la plus belle jument du monde ! C'est une pouliche pur-sang dont la robe est comme la crème du lait. Sa longue crinière flottante fait penser à des fils de soie mêlés de fils d'or. Son regard remue des nuages. Le prélat réserve cette merveille à sa nouvelle concubine qui a juré de le faire pape. Deux cents hallebardiers gardent l'écurie jour et nuit. Qui toussera devant l'animal sera puni de mort.

— Va me chercher cette pouliche et nous serons quittes, dit le vieillard.

— En d'autres temps, cette plaisanterie t'aurait coûté la vie, répondit Bélaroth en levant son sabre (en réalité, une serpe) au-dessus de la tête du Vénérable. Mais je veux encore t'épargner. Fais un miracle pour moi seul et je te laisserai partir. Sinon j'irai dire partout que tu étais un bavard !

— Si tu me lâchais les sandales, ce serait déjà un miracle ! gronda Varèse, véritablement excédé.

Le bandit abaissa son arme et la tête du saint roula devant lui. Certains disent qu'elle s'enfonça dans le sol juste devant la terrasse des Jardre et qu'on voit encore le trou. D'autres prétendent qu'elle rebondit par trois fois et que les rebonds marquent les limites du village. En vérité, elle ne s'enfonça pas, ne rebondit pas, mais heurta une congère de glace et ce fut la fin de sa course.

Le tueur avait hâte de s'éloigner. Mais il voulait garder une preuve de son triomphe. Se penchant sur la selle, à la manière des Mongols, il saisit la tête souillée de sang et la fit glisser dans le sac qu'il portait à la ceinture. Aussitôt une tempête s'éleva. Elle dura neuf fois neuf jours, deux fois plus que le Déluge. Et chaque jour il tomba neuf fois plus de neige que la veille. Faites le calcul. Tous les compagnons du brigand succombèrent sous les flocons, malgré leurs tuniques de loup. Toutes leurs armes furent emportées, tous les chevaux ensevelis. Et le quatre-vingt-unième soir, le bandit, qu'une force miraculeuse avait préservé, comprit qu'il allait mourir dans le froid comme une corneille affamée. Alors il ouvrit son sac de ceinture, il baisa le visage du vieillard, palpa du bout des dents les oreilles, le nez, les joues qui avaient conservé leur chaleur. Et telle était sa faim (ou sa folie) qu'il mordit dans la chair du Bienheureux et s'en délecta.

À l'instant, la tempête cessa. Les nuages se dissipèrent. Le bleu du ciel se posa sur les monts comme une cloche de couleur. L'herbe se mit à verdoyer. Bélaroth aperçut à ses pieds un serpent de glace fondue qui coulait à travers les fleurs. Il rassembla les vestiges du saint, il lava le crâne et les ossements dans l'eau vive. Le sang se détachait dans le courant et se changeait en gravier rouge. Les os brillaient dans le ruisseau comme des étoiles. Il les fit sécher au soleil, puis il les reprit. Et il partit à la poursuite du vent du nord.

Tout en marchant, Bélaroth sentait que les forces lui revenaient, c'était un premier bonheur. Il entendait les os qui s'entrechoquaient au fond du sac, c'était le second. Quant à son troisième bonheur, il était fuyant et véloce comme la brise qui s'était levée depuis peu et sifflait autour de ses tempes.

Il marcha toute la journée sans émousser ses trois bonheurs. Il avait jeté sa serpe dans les prairies, il sautait, dansait, criait, prenait en pitié les rochers qui ne pouvaient pas bondir comme lui. À midi il vit le soleil au zénith comme un tas de foin enflammé. À treize heures, l'astre était la margelle d'un puits au fond duquel brûle un cochon. Puis le ciel laissa place à la roue d'un char que conduisait le nain Bélaroth, assis entre les genoux de sa mère. À la fraîche, le globe de feu s'éparpilla en flaques d'or et disparut.

Il faisait nuit quand il se retrouva à l'endroit même où fut fondé plus tard Col-de-Varèse. De loin, dans une lumière lunaire, il aperçut un homme immobile près d'un rocher. Il s'avança en faisant tourner sa sacoche au bout du bras comme une fronde, mais il reconnut le vieux moine.

— Comment est-il possible, cria-t-il, que tu sois en vie alors que j'ai ton crâne dans mon sac ?

— Ne m'as-tu pas demandé un miracle ? répondit le vieux froidement.

Bélaroth, refusant de croire ce qu'il voyait, dénoua les cordons du sac pour démasquer l'imposteur, si c'en était un. Sa main plongea dans les gentianes, les orchidées bleues, l'herbe des ravins et le vent qui souffle dessus. Et toute sa joie s'envola :

— J'ai offensé un saint. Comment réparer cette faute ?

— Tu m'as surtout privé d'une bonne mule. Amène-moi la jument de l'archevêque. Je t'attendrai ici, le temps qu'il faudra.

La légende dit que le criminel alla jusqu'à Rome chercher l'animal mais que le pape le retint dans ses prisons et qu'il en mourut. C'est pourquoi aujourd'hui encore, à Col-de-Varèse, il est plus facile de trouver une mauvaise mule qu'un bon chrétien.

CHAPITRE 4

Le pays des morts

À Col-de-Varèse, les saisons se succèdent sans transition. Après huit semaines d'un printemps tumultueux, un matin l'été déboule dans la montagne et se manifeste partout, même dans les combes, même sur les versants froids des grands cols. L'après-midi, quand la lumière s'immobilise contre les bois, on dirait qu'un ogre est couché en travers des pentes, rond de taille et les yeux en coquelicots. C'est alors que la paralysie et la torpeur sont à leur comble, et qu'une même fatalité pèse sur les ailes collées des mouches et sur les paupières des fermiers. La seule indication du temps qui passe est donnée par le tremblement de l'air chaud sur les vallées où rien ne tressaille jusqu'à l'heure du crépuscule.

Ah! l'été! l'été bref de Col-de-Varèse! Avec le coucher du soleil, la montagne se ranime, l'hébétude cesse. Petit Jean n'a qu'à tendre l'oreille pour discerner les voix et les bruits d'une existence familière : le vieux Jardre discutant avec Armand sur la terrasse, la clochette d'un colporteur, le vent du soir qui s'aiguise sur les clôtures, le marmonnement d'Eliana qui chantonne dans une chambre en jonglant avec les chapeaux de Monsieur.

> *Je n'ai pas fait l'tour d'la Terre.*
> *Je suis sûr' qu'il valait mieux*
> *rester avec ma grand-mère,*
> *la vieille qui a de bons yeux.*

> *Elle m'a dit : « J'ai vu le monde.*
> *C'est toujours : une deux, une deux.*
> *Le soldat qui fait sa ronde.*
> *La poule qui pond les œufs. »*

Petit Jean est assis dans le jardin, un livre sur les genoux. Chaque fois qu'il entend chanter Eliana, il oublie de lire et ferme les yeux. Depuis quelques jours, il ne ressent plus de colère contre l'intruse. À croire qu'il a oublié les gâteries de la vieille Lise. Et la vieille Lise elle-même. Mais la nuit, dans sa chambre aux volets ouverts sur la lune, il regarde la ligne de crête, écoute la respiration des montagnes et n'arrive pas à dormir. Qu'espère-t-il ? Voir un fantôme ? Rien n'est moins sûr. Pourtant il sursaute à chaque glapissement de renard ou quand un cri lointain lui signale que des bêtes s'entre-dévorent. Et plus d'une fois, à la lisière des forêts, il croit voir une femme en vêtements gris, qui lui fait des signes étranges.

Eliana n'est pas la seule à remarquer la mélancolie d'Éphraïm. Armand en parle à Bienvenu qui se met l'esprit à la torture pour en découvrir l'origine. À la fin, il se demande s'il a bien fait de ramener la cuisinière dans son pays sans prendre l'enfant avec lui. Et pourquoi, au retour de l'enterrement, lui a-t-il caché le décès de Lise en laissant entendre qu'elle était partie en voyage? Croyez-moi. Le silence n'est pas l'oubli. Toute parole qui n'a pas été prononcée quand c'était l'heure fait une piqûre d'épingle dans la trame du souvenir. Je suppose que, par ces trous, aussi minuscules soient-ils, on peut voir le pays des morts.

> *« C'est toujours le fort qui gagne,*
> *le méchant qui est heureux.*
> *Pourquoi l'eau de la montagne*
> *coule-t-elle de nos yeux ? »*

> *Je n'ai pas fait l'tour d'la Terre.*
> *Je suis sûr' qu'il valait mieux*
> *rester avec ma grand-mère,*
> *la vieille qui a de bons yeux.*

Une nuit, dans la Maison haute, tandis qu'il parcourt avant de dormir la vie de Brigitte d'Irlande, sainte fameuse pour avoir changé en bière l'eau de son bain, Éphraïm entend un chuchotement dans le couloir, puis rien, puis le chuchotis de nouveau, suivi d'un frottement de bas de robe le long d'un mur. Serait-ce Lise qui revient du hameau natal, pour dire bonsoir à l'enfant? Non, car il reconnaît le pas d'Eliana.

Il pose le livre et écoute, le souffle court. Le bruit a repris. Puis il a cessé. Il se dit que la domestique, avant de rejoindre sa chambre, aura eu un dernier rangement à faire dans le couloir. Mais tout de même, ce n'est pas un incident habituel. Il oublie la sainte irlandaise et sa bière miraculeuse, ouvre la porte du couloir et reste aux aguets.

Et le bruit reprend en effet, cinq ou six secondes plus tard. Un peu différent. Et bizarre. À travers l'épaisseur des murs, comme une suffocation haletante, une crise d'étouffement qu'on essaierait en vain de masquer. Et si son père adoptif avait un malaise ? S'il avait perdu connaissance ?

Éphraïm n'hésite plus et se précipite dans la chambre de son tuteur. Pas de lampe. Pas de bougie. Mais le lit est poussé contre la fenêtre. Les volets sont grands ouverts. Toute la clarté de la nuit, une tiède nuit de juillet, se déverse sur les cheveux, les épaules nues d'Eliana. La mince et discrète Eliana, à califourchon sur la poitrine de Bienvenu.

La gouttière

À la rentrée, l'enfant apprend que l'étable qui servait d'école au village a brûlé pendant l'été. Du petit banc d'où il découvrait l'univers, il ne reste que les ferrures. Désormais la classe aura lieu dans la salle à manger du curé, autour de la longue table de chêne recouverte de toile forte. Tout au fond, près de la pendule qui penche, il y a un meuble de bois rouge où sont rangés plus de trente volumes jamais ouverts. Je ne suis pas en mesure pour l'instant de donner la liste des titres. Mais je sais que le jeune élève les empruntera tour à tour et qu'il prendra soin de noter sur un gros cahier destiné à ce seul usage les mots inconnus qu'il rencontre, afin de s'en servir un jour si nécessaire. Le mot Graal. Le mot éclipse. Le mot vizir. Et alléluia. Transfuge. Odyssée. Rançon. Hymne. Élégie. L'adjectif fugace. Le verbe s'éprendre. Et les noms d'Ulysse, d'Orphée, de Vénus, la déesse aux yeux brillants, de la noire Perséphone.

Maintenant que l'enfant sait lire aussi vite que le curé, la gouttière qui sert d'horloge aux écoliers les jours de pluie peut bien déverser dans la rue l'eau du déluge, il ne détourne pas la tête de l'arc-en-ciel qu'il découvre dans chaque page. Et la bise de février pourra rabattre les volets contre le mur avec un bruit sec ou faire danser les mélèzes comme des spectres, plus jamais le monde ne se limitera à ce qu'on en voit.

> *J'ai édifié un palais*
> *avec les pierres de Babel.*
> *C'est pour y loger le silence.*

> *Je l'ai entouré de haies vives,*
> *y ai mis le nid du loriot.*
> *C'est pour y loger le silence.*

Ainsi passeront trois années. Plus de mille jours. Et autant de nuits. Mais peu importe. L'écolier aura le temps de lire plusieurs fois les trente volumes. Et de connaître tous les mots de son cahier. Et de rêver à des mots qui peut-être n'existent pas pour décrire ses sensations.

Bien que ce constat lui pince le cœur, le curé ne se cache pas que l'enfant n'a plus rien à apprendre de lui. Il lui faut d'autres professeurs. Mais où les trouver? Le dernier jour de classe avant l'été, il se présente à la Maison haute et accepte l'apéritif. Sa requête tient en deux mots, qui feront quatre puisqu'il est bègue. Dieu sait pourquoi Bienvenu prend mal la chose.

— C'est vous qui avez baptisé cet enfant et vous croyez que je le laisserai partir?

— Mais la providence... la providence... bredouille le curé, misérablement.

— Tant que j'aurai ma tête à moi, je ne vous donnerai pas mon accord, vous entendez?

— J'entends... j'entends...

— Maintenant, faites-moi plaisir. Finissez votre quina et déguerpissez.

Le prêtre repart en hochant la tête comme un vieux cheval éreinté. Mais il reviendra à la charge presque tous les soirs, au risque de s'habituer au vin cuit dont l'abus est un péché. À la fin, il obtient ce qu'il demandait à la Vierge dans ses prières. Non, le fermier n'est pas devenu fou, l'éclair ne l'a pas foudroyé. Mais, pour avoir de bons professeurs, l'enfant ira au séminaire dès la rentrée, et il y restera trois ans sans revenir, de quoi rendre neurasthénique le bonhomme qui n'avait pas besoin de ça. La providence... Petit Jean... la providence...

CHAPITRE 5

Privilèges

Jean Narcisse Éphraïm Marie Bénito. Je redis les noms de l'enfant, car il va les perdre à présent. Au séminaire, on l'appellera Jean-Marie et on lui fera remarquer qu'il est voué à la Vierge par son baptême.

Sur ces années d'apprentissage, de méditations et d'études, je n'ai qu'une idée confuse et de seconde main pour ainsi dire, moi qui fus un cancre des plus précoces. J'imagine que le garçon mal dégrossi, mais avide d'impressions neuves, admit sans réticence ni rébellion les odeurs de cire, de linge, d'encens refroidi, de vieil or et de grains de buis qui accompagnèrent son entrée dans un monde plus raffiné. Je suppose qu'il accueillit comme une révélation le poli des marbres de la chapelle, l'étincellement des étoles, le bruissement doux des chasubles bien repassées. Il se laissa séduire probablement par les sonorités du latin d'église, du grec ancien et de l'hébreu où résonnait dans un roulement de cailloux la rumeur charnelle des siècles. Il accepta de chanter en chœur d'une voix de tête, ce qu'il n'aurait pas osé faire devant

Bienvenu, et, très vite, il eut tous les mots de la liturgie à inscrire dans son cahier. Évangéliaire. Graduel. Exorcisme. Libéra. De profundis. Il participa à des processions et à des prônes, s'exerça à de courtes homélies. Mais je prétends qu'il préférait le reflet des reliques dans la pénombre à l'éclat des ostensoirs, de même qu'il plaça au-dessus des clameurs et des prophéties les chuchotements que personne n'a écoutés et qui errent dans le silence.

Rien de ce qu'il avait vécu jusque-là ne pouvait le prédisposer à la discipline et à la rigueur du savoir. Il en fut surpris et presque humilié. Néanmoins, à aucun moment, semble-t-il, il ne se révolta contre les levers matinaux, les règles et les servitudes, tout le sévère enchaînement des occupations destinées à briser ses velléités et à endurcir son esprit. Ainsi connut-il des plaisirs qui m'auront été épargnés à distinguer les vrais imparisyllabiques des faux ou à disserter sur la véritable nature du bien et du mal d'après Augustin.

Au bout de quelques semaines, ou de quelques mois, sa transformation fut totale, en apparence. Il apprit à parler à voix basse, à brider ses sentiments et ses humeurs, à souffrir les vexations sans se défendre et à brûler ses rêveries comme du bois mort. Un masque de suavité tomba sur son visage d'animal, un peu de travers il est vrai. Sous cette politesse acquise au prix du sacrifice de ses instincts, ses maîtres pressentaient une combustion incessante. Seul, le père Tarde, son confesseur, un ancien missionnaire à Madagascar, devina que ce n'était pas la soif de connaissance qui le poussait à se lever avant les autres pour réviser une leçon.

Il avait été le prodige de la montagne. À

présent ses dons étaient reconnus par des juges plus qualifiés et il en tirait des privilèges. Au lieu de partager le dortoir de ses condisciples, il reçut une cellule pour lui seul. Bien que petite et basse de plafond, la pièce donnait sur le cloître rectangulaire que le soleil éclairait l'après-midi. L'adolescent prit l'habitude de s'y rendre aussitôt qu'il avait fini ses devoirs. Je me demande à quoi une âme encore sauvage comme la sienne, et qui devait donner des fruits si violents, pouvait bien rêver entre ces hauts murs noircis par le temps.

Badigoundiga

Et Bienvenu, qui s'est cru vieux à quarante ans et qui en a plus de cinquante à présent, que fait-il depuis le départ d'Éphraïm ? Avec quelles images remplit-il ses longues journées solitaires, qui ne sont que vide et répétition et ennui ? Dès le premier automne, il a installé une guérite sur la terrasse. Un minuscule pavillon de toile grossière, d'un beau vert sombre. C'est son poste d'observation qu'il appelle sa tour de guet. De là, avec les jumelles d'un mort, il surveille les prés, le bétail ou la formation des nuages, tâches qui n'ont pas de fin comme chacun sait. Quand il pleut du matin au soir et que la guérite prend l'eau, il se contente de déambuler autour de la maison, sous un parapluie de berger, en fumant des cigares de contrebande. Pour peu que l'averse s'éloigne et que le temps retourne au sec, comme disent les montagnards, il reprend sa faction sous la tente, comme si de rien n'était.

À force d'attendre dans sa guérite, le fermier

ressemble à un vieux soldat mal rasé, qu'on aurait relégué à un avant-poste pour le punir, et personne ne sait de quoi. Il dort mal, se nourrit à peine, oublie ce qu'on lui demande ou ce qu'il a fait, retarde les décisions les plus urgentes à propos du toit d'une grange qui s'est effondré sous l'orage ou d'un lot de vaches qu'il faudrait vendre. Mais ce qui chagrine le régisseur, c'est de voir que Bienvenu passe des demi-journées, voire plus, à fredonner des refrains dépourvus de sens.

> *Badigoundiga*
> *Badigoun*
> *Badigoundiga !*
>
> *Gahou ! Gahou !* (bis)
>
> *Badigoundiga*
> *Badigoun !*

Après un automne pluvieux, c'est un hiver blanc et lugubre qui s'étire jusqu'à la Semaine sainte, laquelle tombe à la mi-avril cette année-là. Bienvenu reste des heures dans sa chambre, les pieds sur une cuvette de braise que renouvelle la silencieuse Eliana. Chaque fois que la servante s'agenouille pour changer le brasero, il respire un parfum de fleurs et de linge, et il se reproche de ne pas avoir demandé sa main à la jeune fille. A-t-elle compris son regret ? Serait-elle plus maligne qu'il n'y paraît ? Presque toujours, avant de partir, comme on palpe la neige sans s'y enfoncer, elle fait glisser très vite ses doigts dans les cheveux blancs du fermier. Et cette main tiède et légère, qui refuse de s'attarder, vous diriez une fouine sous les flocons.

Pendant six mois, l'humeur du vieux Jardre ne change guère : elle est sombre comme le ciel. Et ni la brusque fonte des glaces qui fait ruisseler la montagne à partir de la Pentecôte ni le renouveau des forêts dont les couleurs s'éclaircissent en quelques jours n'atténuent la morosité du bonhomme.

Au village, le bruit court que le malheureux serait envoûté par Lucrèce avec qui il poursuit de longues conversations certaines nuits. Médisance et calomnie ! Sans se préoccuper des rumeurs, Bienvenu multiplie les sorties quotidiennes sous le parapluie de berger, à croire qu'il a perdu sa grosse montre dans les broussailles ou qu'il communique par signes avec des espions que personne d'autre que lui n'a aperçus. Et le soir, la pointe rouge de son cigare, qui s'embrase par intervalles sur la terrasse, signale que le vieux fou n'est pas couché. Comme on aperçoit le mégot rougeoyant jusqu'aux heures claires de l'aube, autant dire que personne ne peut plus siffler Eliana ou approcher en douce une échelle de sa fenêtre.

Chaque mercredi cependant, Bienvenu reçoit une courte lettre qu'il déchiffre péniblement et qu'il montre à Armand ou à Eliana, deux vérifications valant mieux qu'une. Éphraïm, qui signe toujours Jean-Marie, y résume avec enthousiasme d'abord, puis, au fil des saisons, avec plus de détachement, ce qu'il a appris dans la semaine. Jamais il n'évoque sa vie nouvelle autrement que sous l'angle de son travail et de ses progrès. Pas un mot sur ses compagnons. Ni sur la sévérité ou la bienveillance des maîtres. Ni sur ses propres sentiments, ses émois, ses doutes, sa solitude.

— Vous ne trouvez pas curieux qu'il ne parle jamais de lui?

— Oh! curieux... curieux...

— Je ne sais même pas s'il est content de la nourriture...

En fait, ce que réclame Bienvenu, ce sont les images, les scènes, les indications matérielles qui lui permettraient de peupler son attente mélancolique. Il voudrait connaître l'emploi du temps de Petit Jean, heure par heure, de manière à le suivre par la pensée tout au long du jour. Mais rien, dans les lettres imperson-nelles qu'il reçoit, et qu'il tourne dans tous les sens, ne lui donne une idée de la vie que mène l'adolescent, loin de ses regards.

Convalescence

Dans le temps où le fermier s'abandonne à ses humeurs noires, le régisseur, dont la santé est apparemment rétablie, poursuit ses tournées de surveillance dans la montagne et décide seul désormais de ce qui est bon pour le patrimoine des Jardre. Il continue de porter ses lourdes vestes pleines de poches, il est aussi fuyant que de coutume, il décide vite et ne s'arrête pas longtemps sur chaque problème. Néanmoins, les jeunes vachers à qui il offre du tabac après le travail disent que la maladie l'a changé, qu'on ne lui voit plus cette dureté dans les yeux qui arrêtait toute compassion, qu'il est capable maintenant de ces gestes d'insouciance et de ces mots drôles qui font le charme des personnes sans illusions. Je veux bien. Quand la Fau-cheuse vous attend au bout du gué et que vous n'avez plus assez de paillettes sur votre habit pour l'éblouir, il est beau de lui faire encore des pieds de nez.

Ce n'est pas tout. Dans les premiers jours du printemps, monsieur Armand s'est fait livrer par un colporteur un bizarre appareil à trépied qu'il range dans une boîte longue comme un cercueil. Depuis, on le voit transporter partout l'instrument, l'installer dans les endroits les plus abrupts, coller un œil à une sorte de lorgnette, toujours l'œil droit, et inscrire des chiffres sur deux colonnes dans un carnet. Pour beaucoup, cette activité prouve que le régisseur s'est mis au diapason de son employeur, autrement dit qu'il a un grain et qu'il finira ligoté dans une chemise sans bras comme bien des fous avant lui. Pour les malins, il s'agit de tout autre chose. Pourquoi l'intendant qui a voyagé sur des cargos et parcouru les Amériques se serait-il arrêté à Col-de-Varèse sinon parce qu'il aurait eu vent d'un trésor caché par un des ancêtres des Jardre ? Nul doute qu'il en cherche l'emplacement avec sa lunette d'ingénieur ! Seul, le curé prétend qu'Armand a commandé à Paris une « chambre photographique » pour prendre des vues de la montagne et qu'en attendant la livraison il effectue des repérages. Mais pourquoi photographier des à-pics et des éboulis plutôt que la jeune Eliana ?

Le pré de Corche

Le mystère est loin d'être éclairci quand l'été arrive brutalement, l'été qui brûle les yeux et le cœur, et ne dure pas. En juillet, Bienvenu reçoit une lettre qui le met dans tous ses états. Comme on peut toujours se tromper, il la fait lire à Eliana avant de la glisser dans son chapeau.

Mon cher tuteur, j'ai une nouvelle à vous annoncer. Je reviens chez vous pour les vacances. Je prendrai le train jeudi. Si un batelier veut de moi sur sa péniche, je serai au pré de Corche dimanche matin. Ah! si vous saviez comme j'ai hâte de revoir la Maison haute!
Votre fils respectueux. Jean-Marie.

De nouveau Bienvenu ne tient plus en place. Finies les longues journées sans idéal et les conversations de nuit avec la Lucrèce! On le voit arpenter les prés en compagnie du régisseur. Il écoute les plaintes des journaliers, accepte les dispositions qu'on lui demande et se lance dans des projets extravagants comme de bâtir une salle des fêtes pour le village ou de commander sur catalogue un accordéon dont personne dans le pays, à part un certain Tire-Loup, ne saurait jouer un air.

La veille du jour prévu pour l'arrivée de Petit Jean, le vieux Jardre, en costume sombre et chapeau clair, bien droit sur le banc de la carriole, crie ses dernières instructions à Eliana et quitte Col-de-Varèse au petit trot, en agitant la mèche de son fouet au-dessus des oreilles de la jument.

C'est une soirée calme et sans nuages, comme il y en a souvent dans la montagne au début de l'été. La lune glisse à ras des prés. Les étoiles fourmillent, déversant une clarté fine et diamantée, à travers la gaze du ciel. La douceur de la nuit, la solitude de la route, la joie désordonnée qui fait palpiter une artère contre sa tempe, rappellent au fermier l'époque où il partait rejoindre sa fiancée à la ferme des Jaulliat.

La première fois que les jeunes gens s'étaient donné rendez-vous, le bleu de la lune tremblait au-dessus des arbres figés, l'air sentait le chaume, la terre sèche, les épis, la poussière du blé qu'on vanne, des odeurs qui piquaient la gorge et donnaient soif. De loin, tandis qu'il avançait à pied à travers champs, réveillant les chiens de la ferme, Bienvenu avait vu une forme claire se détacher d'un bosquet d'arbres et glisser comme une fée le long des feuillages noirs. C'était Rosalie dans sa robe blanche à volants, qu'elle avait cousue elle-même et qu'elle étrennait pour son rendez-vous.

Maintenant la carriole file bon train sur l'étroite route empierrée qui contourne le bois de l'Espinouse. Bienvenu retient la jument. Mais les images qui surgissent dans sa tête à jet continu, qui les retiendra ? Il faudrait des rênes qu'on n'a pas encore inventées. Et tant que le sang continuera de battre contre sa tempe, le fermier se souviendra des yeux rieurs, des épaules pleines, des seins et des joues de la bien-aimée.

Au bout du bois de l'Espinouse, l'aube s'annonce par un miroitement de vieux rose sous la mousseline de l'air. Il y a un moment d'immobilité, de silence. Les hiboux ne chassent plus, les mulots dorment. Comme pour mettre fin à cette pétrification d'un instant, à la lisière de la nuit et de la future journée, un renard passe sans se hâter devant l'attelage, insouciant et dédaigneux après son festin de souris. Qu'aurait-il à craindre d'une vieille bête dans des brancards et d'un animal en chapeau qui ne brandit pas de fusil et marmonne quelque chanson ?

> *J'étais un pauvre hère*
> *N'ayant ni foi ni loi.*
> *Par chance, il y eut la guerre*
> *De par l'ordre du Roi.*

Je dévastai des terres
Qui n'étaient pas à moi.
Je tuai le propriétaire,
Allez savoir pourquoi.

Après cela, le Capitaine,
Mironton Mirontaine,
Me dit : « Vous êtes diligent.
Je vous nomme sergent. »

Le fermier arrive en avance au pré de Corche, qui sert de débarcadère occasionnel. Il dételle le cheval, s'assoit à l'ombre sur un grand mouchoir qu'il déplie, allume un cigare fort et laisse ses pensées suivre le cours qu'elles voudront. Mais là encore la fumée dessine le profil perdu de Rosalie, sur le fond uni du ciel. La voici dans les jours qui suivirent la nuit de noces, après les baisers, les timidités, les fâcheries, les fous rires, les promenades. Un après-midi, des coucous qui se répondaient au fond d'un bois avaient attiré les mariés loin du village. Après avoir marché dans la direction des appels, les jeunes gens avaient surpris dans leur sieste, sur un sentier bien acagnardé, une paire de couleuvres lisses et luisantes comme des câbles trempés dans l'huile. Sans doute ne demandaient-elles qu'à jouir des pierres chaudes et à fuir au premier danger, mais lui, le jeune fermier plein de force, avait massacré les deux bêtes à coups de bâton, stupidement, parce qu'elles avaient fait crier Rosalie. Après quoi, ils avaient eu honte tous deux, elle de sa peur, lui de son action. Ils s'étaient regardés dans les yeux, encore troublés, ils s'étaient embrassés, ou peut-être pas, ils s'étaient touchés sans dire un mot. Et, pour effacer le maléfice de cette mort qu'ils avaient voulue, et payer la dette d'amour aux divinités souterraines, oubliant le grand lit qui les attendait à la Maison haute, ils avaient roulé ensemble dans les sous-bois. Puis, ils s'en étaient revenus, le feu aux joues, étonnés d'un bonheur qu'ils devaient à la cruauté autant qu'à l'amour, avec sur soi chacun l'odeur de l'autre en plus des senteurs de fougère. Mais les serpents s'étaient vengés. Et cruellement. (Telle était la pensée délirante du vieux Jardre.) L'enfant qui aurait dû résulter de ses étreintes répétées avec Rosalie, et dont elle se disait sûre, n'était pas venu au monde. Ni cette année-là. Ni plus tard.

Loup et renard

Soudain deux coups de trompe retentissent sur la rivière. Dans le tremblement de midi, une barge grise, poussive, encore en partie masquée par les saules, se dégage de la boucle qui la retient. Alors qu'elle peine à avancer, et que l'œil doit prendre un repère sur l'autre rive pour s'assurer de sa progression, elle ralentit encore, pivote légèrement et se dirige vers le pré. Bienvenu, le corps en sueur, plisse les yeux. La lumière qui danse dans l'eau l'empêche de distinguer les silhouettes sur le pont. Il doit attendre que l'embarcation sorte du reflet pour que la tache bleue à l'avant, près du marinier qui lance une corde, devienne l'enfant ébloui, avec son simple balluchon.

Ce qu'il remarque tout de suite : qu'il a grandi, qu'il a changé, qu'il est coiffé différemment, qu'il a l'air heureux. Son cœur s'arrête, puis repart comme un chien qui s'est fait coincer une patte, quand il comprend que l'enfant le cherche des yeux, lui aussi, et qu'il l'a repéré contre l'arbre et lui fait des signes de sa main libre.

Éphraïm ou Petit Jean — je lui redonne ces deux noms, le temps des vacances — n'attend pas que la barge soit immobilisée pour sauter dans l'herbe et se précipiter vers son père adoptif qu'il embrasse sur les joues.

— Tu es aussi grand que moi, à présent!

Le garçon monte dans la carriole et s'installe sur le banc, à côté de Bienvenu qui lui prépare les guides. Ensuite, à-Dieu-vat! Mais la bête qui n'a pas besoin d'indication pour rentrer à l'écurie se rend compte du changement de conducteur et s'amuse à des embardées qui ne sont guère de son âge. Cependant la route monte, le soleil chauffe, le cheval se fatigue vite, il faut lui ménager des haltes que l'adolescent regrette et abrège, tant il est pressé maintenant de revoir Col-de-Varèse. À chaque arrêt, l'adulte tire d'un panier un pâté en croûte. Ou du pain de noix, des œufs durs, un fromage aussi sec qu'un vieux bouchon, une grande bouteille d'eau de menthe, entourée d'un linge humide qui la garde au frais. Bien des questions lui brûlent les lèvres, touchant la vie au séminaire, les emplois du temps et les jeux, mais l'heure n'est pas aux questions, elle est à la joie qui monte à la tête comme un alcool et vous empêche de parler.

— Ce n'est pas ici, demande Éphraïm en abordant le bois de l'Espinouse, que des chasseurs ont tué un loup qui leur avait filé dans les jambes?

— Tu t'en souviens? Tu voulais toucher les dents du loup.

— Je l'ai fait, non?

— Bien sûr.

— Je n'en avais pas peur?

— Justement non.

Ils parlèrent de loups, de renards et de lièvres jusqu'à l'arrivée à la Maison haute où Eliana leur avait préparé un repas qu'ils prirent tête à tête sur la terrasse, tandis que le ruban de la Voie lactée se déployait au-dessus des cimes noires. Bienvenu qui n'avait pas faim regardait l'enfant manger, près de la lampe vacillante. Au dessert, il déboucha une bouteille de liqueur qu'il avait mise de côté en prévision de la soirée. La jeune femme avait déjà dîné dans la cuisine et Armand fumait dans sa chambre. Tous deux vinrent s'asseoir à la longue table, et les quatre petits verres furent cognés. Armand comme toujours se montrait un peu distant et réservé, mais généreux. Éphraïm ne détachait pas ses yeux d'Eliana.

CHAPITRE 6

L'été de l'adoration

Ce fut un bel été pour Bienvenu. Je l'appelle l'été de l'adoration. Ou l'été des chroniques de Rome. Car le père et le fils (qui n'étaient ni père ni fils) parcouraient tous les jours les pâturages, soit à pied soit à cheval, et, plus d'une fois, ils furent surpris par la nuit, ce qui les obligea à dormir où ils se trouvaient, à la belle étoile ou dans un abri de fortune. Les vachers qui les apercevaient de loin dans la montagne, tôt le matin ou tard le soir, remarquaient qu'ils étaient presque toujours « en grande conversation », ce qui est la façon varésienne de dire qu'ils étaient passionnés par leur sujet. Et tantôt monsieur Jardre, le bras tendu, avait l'air d'indiquer une bête qui s'enfuyait et que le garçon n'avait pas vue, tantôt le jeune homme parlait en montrant la ligne des crêtes pendant que le vieux écoutait comme s'il était au sermon.

La vérité est qu'Éphraïm, dès le premier soir, à propos du fameux loup tué par Armand et suspendu sous la terrasse, avait évoqué les jumeaux élevés par la louve, Remus et Romulus qui fondèrent Rome. L'histoire avait tellement subjugué Bienvenu que le garçon, les jours suivants, s'était fait une malice de la poursuivre en racontant avec des détails inventés, quoique plausibles, le règne confus et souvent criminel des sept rois qui précédèrent la république.

Ainsi passa le meilleur du mois de juillet. Les nuits étaient claires, les aubes fines, les jours s'achevaient par des crépuscules lents, hypnotiques. Un certain dimanche d'été, au cours d'une randonnée à cheval, le jeune Éphraïm, pour ébahir encore une fois son tuteur, lui donna sa vision du franchissement des Alpes par Hannibal, un « exploit » qui coûta la vie à près de vingt mille soldats, selon Tite-Live.

Voici comment je me représente la scène.

C'était la fin de l'après-midi, le moment qui suit l'heure chaude, le bon du jour. Les deux cavaliers étaient arrivés sur une hauteur dénudée, à portée de vue de la cabane du régisseur. Le jeune Éphraïm descendit de cheval, s'approcha de Bienvenu dont le visage ruisselait, et il lui montra dans le lointain le col du Cadran, qui est infranchissable en hiver. « Il faut que vous imaginiez, lui dit-il, que le chef des Carthaginois, un guerrier à demi aveugle, s'est trouvé à l'entrée d'un col semblable à celui-ci, à la fin d'un mois de septembre. Avec lui, trente mille cavaliers ou fantassins, et plusieurs centaines d'éléphants qui venaient d'Afrique et avaient déjà traversé les Pyrénées, le Languedoc et la Provence en écrasant les tribus gauloises qui leur refusaient le passage. Il neigeait à gros flocons depuis plusieurs jours. La moitié des soldats étaient malades. Les éléphants, irrités par la glace sous leurs pieds et par la neige qui s'engouffrait dans leurs oreilles, éternuaient, barrissaient, s'étranglaient aux chaînes énormes qui les reliaient, se bousculaient dans les montées et devenaient une menace pour les hommes.

« Hannibal installa son camp à une portée de flèches du sommet du col. Quand les soldats furent repus, mais non reposés, il se fit hisser sur le plus haut des éléphants et improvisa un discours. Ceux qui voulaient quitter l'expédition et rentrer chez eux par leurs propres moyens étaient libres de partir. Mais ils feraient bien de considérer un point essentiel : il était trop tard pour reculer, la mort était derrière eux, non devant. Avec une audace que les contemporains jugèrent surnaturelle, cet homme pour qui les visages proches se résumaient à des taches sans contours indiqua de la pointe de son épée, au-delà de la neige et du froid, la plaine du Pô, qu'il allait bientôt ravager. Les soldats tournèrent leurs yeux fatigués vers la muraille blanche derrière laquelle ils se figuraient l'Italie comme une nouvelle Carthage. Après quoi, ils allèrent dormir pêle-mêle dans leurs tentes de bédouins.

« Le lendemain, sept mille mercenaires découragés choisirent de rebrousser chemin avec le butin pris aux Gaulois. Aucun d'eux ne revit le pays natal. Les autres préparèrent leur barda. Quatre heures plus tard, au milieu des jurons, des appels, des cris, des commandements et des retombées de crottin, la colonne des éléphants, des chevaux et des fantassins, abandonnant les cadavres et les carcasses sans sépulture, franchissait le col et amorçait la lente descente sur l'Italie par une route glacée et pleine de pièges. »

Arrivé à ce point de son histoire, l'adolescent montra le col du Cadran sur lequel s'attardait paresseusement un banc de nuages gris clair.

En fermant à demi les yeux, ce que faisait le vieux Jardre précisément, on pouvait croire que le troupeau d'Hannibal prenait de nouveau le chemin de l'Italie comme si l'action accomplie autrefois n'eût pas fini de s'écouler.

Bienvenu resta longtemps sans réagir. Les pieds hors des étriers, dans une posture qui n'avait rien d'héroïque, il regardait la courbe du col du Cadran qui se dégageait peu à peu et se colorait de rose avant de disparaître à l'horizon. À quoi pensait-il ? Peut-être aux éléphants qu'il n'avait jamais vus qu'en photo ou sur des gravures, et qu'il aurait aimé toucher de toute la paume des mains comme on caresse du vieux bois, par curiosité. Peut-être aux nuages qui ne prennent jamais deux fois la même forme, de mémoire de montagnard. Sûrement à l'enfant qui avait appris tant de choses en si peu de jours et qui semblait promis à un destin digne d'Hannibal.

Une confidence

Les cavaliers n'avaient pas prévu de passer la nuit dans la cabane de rondins, mais Armand mit un point d'honneur à les retenir. Il alla décrocher un jambon de contrebande réservé aux grandes heures et il déboucha entre ses genoux une fiasque de chianti qu'il devait à la complaisance de son prétendu cousin, Tire-Loup. Sans doute aurai-je l'occasion d'évoquer ce parent peu recommandable.

Au cours du repas, la Vénus du soir se leva, précédant la pleine nuit. Puis, en l'absence de la lune, l'écharpe de la Voie lactée éclaira la voûte du ciel. Armand, qui avait ouvert une autre bouteille de vin et s'y référait volontiers, confia son projet mystérieux en baissant la voix comme s'il avait craint de se faire voler une idée dont il n'avait encore parlé à personne, préférant la laisser mûrir.

Tout partait d'une intuition qu'il avait eue, au saut du lit, un matin de mai 1927, en apprenant qu'un certain Lindbergh avait traversé l'Atlantique en trente-trois heures, sur un monoplan. Armand, lui, avait mis deux mois pour accomplir le même trajet comme mousse sur le *Montevideo*. Et il en gardait encore les cicatrices! Le *Spirit of Saint Louis* était l'hirondelle qui annonçait le printemps du monde, voilà l'intuition. Non seulement on irait de plus en plus vite, de plus en plus loin, mais la vitesse imprimerait un mouvement à toutes choses. Une circulation universelle s'installerait, impossible sous le règne de la lenteur. On transporterait les objets, les bêtes, les gens à travers les continents, dans un va-et-vient incessant et accéléré. Déjà on avait l'électricité dans la vallée. À quoi allait-elle servir? À mieux voir les pierres dans les lentilles? Dans les villes, elle transformait le commerce, l'artisanat, les spectacles, les relations, même l'amour! Cependant, à Col-de-Varèse, rien n'avait encore bougé. Les animaux étaient nourris de la même façon. L'herbe poussait lentement et tout ce qu'on avait trouvé à faire en hiver, c'était de regarder la neige tomber en sirotant du Cinzano.

— N'est-ce pas mieux ainsi? demanda Bienvenu qui se demandait ce que l'avion de Lindbergh pourrait apporter dans les pâtures et pourquoi on aurait tort de boire des apéritifs quand la neige bloque la porte.

— Pour notre tranquillité à nous deux, il est

préférable de continuer comme hier. Mais peut-être qu'un jour Éphraïm regrettera notre indolence.

— On ne peut pas vivre sans regret, dit le fermier. Alors plutôt regretter l'inaction qu'un mauvais coup.

— C'est une philosophie.

— N'avons-nous pas ici tout ce qu'il faut, en dehors de ce qui ne peut pas être accordé ?

— Pour le moment, oui. Mais demain ?

— Demain, c'est de la fumée de cigare, dit Bienvenu en tirant de sa poche une boîte de *toscanis*. Tenez ! Servez-vous ! Ceux-là aussi, c'est à votre cousin que nous les devons.

Il y eut un moment de complicité silencieuse, peuplé de volutes calmes, de lentes bouffées, de rêveries et de la toux sèche d'Armand qui n'avait pas droit au tabac. Éphraïm attendit la fin des cigares pour ramener le régisseur à sa lubie.

— Vous n'avez encore rien dit de votre projet, remarqua-t-il.

— Ah ! je vois que vous êtes intéressé ! Voici l'idée à laquelle je pense tous les jours. Nous devons construire un téléphérique entre la vallée et l'endroit où nous sommes. J'ai étudié la question et j'en ai parlé à des ingénieurs : c'est faisable.

— Je ne comprends pas un mot de votre histoire, dit Bienvenu. Que voulez-vous faire exactement ?

— Un téléphérique, expliqua Éphraïm, c'est une sorte de train suspendu. Des wagonnets qui glissent sur des câbles. Quand l'un monte, l'autre descend.

— J'ai commencé quelques croquis, reprit Armand. Vous pourrez m'aider, vous qui dessinez bien.

— Mais qu'est-ce que vous mettrez dans vos wagonnets? demanda Bienvenu. De la houille ou du crottin?

— Des voyageurs.

— Des voyageurs! Mais qui?

— Les gens des villes, qui prendront l'habitude de venir ici le dimanche avec leurs enfants.

— Mais que feront-ils, les malheureux, à part d'attraper des engelures?

— En hiver, du ski. En été, des excursions. Notre isolement va finir.

Le fermier hésitait à rouvrir la boîte à cigares. Éphraïm regardait tour à tour le visage des deux hommes et ne disait rien. À la fin, ce fut lui qui ranima la conversation.

— À propos du téléphérique...

— Eh bien?

— De quel côté le voyez-vous?

— Je vous montre l'endroit, si vous n'avez pas sommeil. Mais habillez-vous, la fraîcheur est tombée.

Ils quittèrent la cabane enfumée et marchèrent en file indienne dans la nuit claire. À mesure que leurs yeux s'habituaient à l'obscurité, les choses se détachaient sans prendre beaucoup de relief. L'air était chargé des senteurs de l'été à la montagne. Quelques bruits arrivaient de loin.

— Voilà. C'est ici que les cabines se poseront.

— Pour moi, je n'y vois pas d'inconvénient, dit Bienvenu. Le terrain vous appartient.

— On pourra planter des piliers au bout de la pente, là-bas, juste avant les grands rochers.

— Là, vous êtes chez moi. Il vous faudra mon autorisation. Supposez que je vous la donne, où placez-vous le départ de vos engins?

— Au pré de Corche qui vous appartient aussi.

— Certes, mais vos wagons vont survoler le pré des Salvart, la ferme de Mazio et quelques autres. Ils feront tourner le lait des vaches !

— Il faudra négocier avec chaque propriétaire.

— Vous n'y parviendrez jamais. Est-ce qu'on a tellement besoin de faire venir chez nous les gens d'en bas ?

Les tsiganes

À quelques jours de là, des tsiganes voulurent s'installer au pré de Jardre, à l'extrémité du village. Ils demandèrent l'autorisation à Bienvenu qui l'accorda contre l'avis général. On vit les arrivants former un cercle avec leurs roulottes, étendre leur linge dans l'herbe, faire de grands feux et chasser les hérissons. Ils avaient un ours des Carpates, appelé Bouchko, une vieille bête au poil usé, à l'air débonnaire, qui mangeait toutes les épluchures qu'on lui jetait et dansait au bout d'une chaîne dès qu'on faisait tomber des pièces dans un baquet.

Un soir, les voyageurs firent une fête à l'intérieur de leur campement. Ils invitèrent Bienvenu qui s'y rendit avec Éphraïm. Pendant le repas, un enfant qui jouait sous la table s'amusa à tirer les socquettes du vieux gadjo. Croyant que c'était un chat ou un chien, le bonhomme se pencha pour le caresser. Il vit deux yeux étonnés, une bouche sale, des cheveux qui retombaient en mèches noires sur des joues maigres.

— Ah ! C'est toi qui me chatouillais, petit coquin ! Comment tu t'appelles ?

L'enfant qui ne comprenait pas la question se

mit à pleurer. Puis il courut se réfugier dans les jambes d'une matrone à qui il parla dans sa langue. La femme éclata de rire et sortit des caramels de sa jupe rouge. Plus tard, dans la soirée, elle proposa à Bienvenu de lui dire son avenir. Il refusa, sous prétexte qu'il n'en avait plus. Alors la tsigane s'empara de la main droite d'Éphraïm, l'examina avec passion et marmonna les mots suivants :

— La ligne de vie large et longue, c'est un torrent parti du cœur, qui se rue à travers la chair et s'enfonce dans l'inconnu... Et voici la ligne de chance, très sinueuse, avec des détours et des boucles, des crochets, des fatalités, des zigzags, des complications... Énergie extraordinaire !

— Et l'amour ? demanda Bienvenu tandis que le visage d'Éphraïm prenait la couleur de la jupe de la voyante.

— La ligne d'amour qu'on dirait tracée au couteau va droit devant elle, sans s'embarrasser des replis... Elle s'interrompt et reprend plus loin... Je ne veux pas en dire plus...

Et la femme se leva, fit signe à un des musiciens et se mit à chanter.

> *Si l'on doit être bien malin*
> *pour lire l'amour dans la main,*
> *pour le garder jusqu'à demain,*
>   *il faut des dons que je n'ai pas...*
>
> *De quoi sont faits les lendemains ?*
> *De chair, de soie, de plomb, de lin,*
> *de ce qui tombe de la main*
>   *et de tout ce qu'on n'aura pas...*

De retour à la Maison haute, le vieux Jardre demanda à Éphraïm ce qu'il pensait des prédictions qu'on lui avait faites. Le garçon déclara qu'elles éclairaient les rêves de la tsigane plus que les siens. Je ne saurais lui donner tort. Dans un monde où les causes sont innombrables, le futur ne peut être prédit puisqu'il découlera de situations qui auraient pu ne pas se produire. Même si le plomb de la balle qui m'est destinée a été fondu ce matin et si le contrat est signé, ma vie dépend de mille déterminations qui n'ont pas encore surgi : par exemple d'un nuage qui se formera vers le soir et déposera un flocon sur le nez de mon assassin.

— Et si le temps n'est pas à la neige? me dira-t-on.

— Alors c'est un grain de poussière qui remplacera le flocon et le tour sera joué.

Lucrèce

Ce fut au cours de ce même été que le jeune Éphraïm décida de tirer au clair le mystère de sa naissance. Un jour que son tuteur visitait une ferme avec Armand, il se présenta chez Lucrèce. Elle le reçut dans la pièce unique de sa masure, attenante à l'enclos où elle élevait les oies et les porcs. C'était une femme sans âge, aux traits durs, aux yeux mouillés, qui passait du rire au chagrin dans le temps d'un tic aux paupières. Voyant que le gamin, sous le coup de l'émotion, était prêt à tourner de l'œil comme elle disait, elle lui servit un lait de poule avec des tartines de miel.

— Ta mère était piémontaise... Une beauté... J'en étais jalouse sans l'avoir vue... Mmm... Et je le suis encore quand je te regarde... Parce qu'elle a tout eu... L'amour de l'homme que j'aimais... Un enfant de lui... La mort jeune... Mmm... Il paraît que tu es intelligent... Tu dois comprendre ces choses-là... Mmm... J'aurais donné ma vie pour qu'il me dise la moitié de ce qu'il lui a dit... Elle était très jeune, pas mariée... Du premier coup, elle a été grosse de toi... Lui continuait d'aller et venir... À la fin, pour suivre ton père, elle a quitté son village dans le Piémont... Mmm... Si j'avais été la choisie, ça aussi je l'aurais fait... Elle a accouché une nuit, dans une ferme... Elle t'a mis sur sa poitrine... Elle t'a parlé... Elle a ri... Elle est morte un peu plus tard...

— Comment s'appelait-elle ?

— Les noms, c'est de la poussière... On voudrait la secouer, la gratter... Arriver à l'âme nue... Mais pour ça, il faut un couteau qui n'a pas été fabriqué... Mmm... Moi j'étais Lucrezia, Lucrèce, la Lucrèce... Elle, c'était Adriana, si tu veux savoir... Je n'ai jamais su son nom de famille... Mmm...

— Et mon père ?

— Lui, ce n'est pas pareil... Ses noms m'appartiennent... Ceux du passeport et les autres... Les menteurs... les inventés... Personne ne peut plus me les voler... Mmm...

— Vous ne voulez pas me le dire ?

— Qu'est-ce que ça changerait pour toi ? Mmm... Sur sa tombe, on a mis le nom d'un voisin... Lejeton... Tu crois que ta mère me l'aurait pris, s'il s'était nommé Lejeton... ? Mmm... Son vrai nom, c'était Fortunato... Je n'ai jamais parlé de lui ni d'Adriana à personne... On peut dire de moi ce qu'on veut, à condition que ce soit faux... Mmm... Si tu l'avais vu comme moi... Des mains comme des battoirs, mais si douces dans le corsage qu'on dirait des papillons... Avec ça, des yeux qui sourient même quand ils vont vous faire pleurer... Mmm... Il allait chercher des horloges dans le Jura et il les revendait par ici... Les mécanismes seulement... Je le voyais deux fois par an... Mmm... Un matin il est arrivé avec un sac plein de peaux de moutons... Il l'a posé là où tu es... Il m'a dit : « Prends-en soin jusqu'à mon retour... Mais attends que je sois sorti pour regarder parce que ça me brûle le cœur... » Et il est parti... Mmm... Toi, tu te tenais au chaud, au fond du sac, tranquille comme Baptiste.

— J'avais quel âge?

— Six semaines... Mmm... Personne n'en a rien su dans le village à part Lise... Elle était folle de toi... Elle te voulait à la Maison haute... Soi-disant que tu serais mieux élevé... Mmm... Je me fâchais, mais elle revenait toujours à son idée... Puis un soir, Vlad le maquignon a voulu coucher avec moi... Quand il l'a eu fait, il m'a dit, tu sais, l'horloger est mort... J'ai crié, tu mens... Il m'a dit, il a été tué par un obus qu'il désamorçait pour en faire un cul de lampe... Mmm... J'ai pleuré pendant quatre jours et je n'ai plus été capable de te garder...

L'autre rivière

La fin des vacances arriva. Les derniers soirs de septembre passèrent vite, comme les nuages d'été. Le premier octobre, Bienvenu conduisit lui-même l'enfant au pré de Corche. L'air était doux, l'automne n'imposait pas encore ses couleurs, mais la lumière avait changé et les premières senteurs de rouille et de champignons commençaient d'éclore dans les forêts. Quand le bateau fut une tache sur la rivière, le fermier repensa aux éléphants qui avaient franchi le Mont-Genèvre (ou le Saint-Bernard) sous la neige. Des combats auxquels ils avaient pris part, que restait-il ? Savait-on seulement où ils étaient morts ?

Ah ! Maudite mélancolie ! Et trois fois maudite, la mémoire qui préserve l'éclat des heures qui ne sont plus et le sourire des visages que le temps nous a soustraits ! Pendant dix semaines, la présence de l'enfant avait enivré le vieux Jardre, l'avait exalté et rajeuni. Maintenant que le garçon avait emporté avec lui le bel été, les journées d'arrière-saison allaient revenir, puis l'hiver inutile et contrariant.

L'air fraîchissait. La péniche avait disparu depuis longtemps. Bienvenu s'assit sur le banc de la carriole, derrière la jument grise dont les oreilles tressaillaient. Pourquoi ne peut-on aimer sans souffrir ? Pourquoi un amour sans déchirement n'est pas un amour ? Il aurait voulu oublier les éléphants, les téléphériques, les promenades en forêt et les nuits à la belle étoile. Il l'aurait voulu, oui, mais quelque chose en lui — ou plutôt quelqu'un — ne le voulait pas. Cependant l'automne était là, annoncé par le ciel et par les odeurs de sous-bois. La rivière coulait avec un bruit de froissement près de la carriole arrêtée ; et elle coulait aussi, mais sans bruit, cette autre rivière qu'on ne voit pas, faite d'instants que les doigts ne retiennent pas et de sensations qui demeurent ou se perdent, selon les cas.

L'air avait fraîchi, je l'ai dit. Un brouillard sans consistance se levait au-dessus de l'eau. La jument attendait avec sa patience de bête le claquement de langue qui lui donnerait l'ordre du retour. Bienvenu alluma le premier cigare de la journée.

CHAPITRE 7

Le cri des oies (rappel)

Jean-Marie arriva de nuit au séminaire. Il traversa le grand bâtiment endormi et rejoignit sa cellule silencieuse. Il retrouva le lit étroit et le crucifix sur le mur, la courte table de bois blanc, les dictionnaires, le missel, les cahiers empilés sur une étagère, le petit paquet de lettres de Bienvenu, tout au fond de la penderie. Il en prit quelques-unes pour les relire et s'endormit tout habillé, une enveloppe dans les doigts.

Il se remit au travail le lendemain avec la même détermination, le même enthousiasme. On aurait pu croire à le voir que la montagne n'existait pas, qu'il n'avait pas laissé derrière lui, dans la Maison haute, un fermier un peu lunatique, un régisseur tuberculeux, une servante aux yeux brillants, aux manières de chat sauvage.

Dès les premiers cours, les premières leçons d'octobre, sa passion pour l'étude se réveilla. Elle dura trois ans. Peut-être moins. Mais peu importe. L'âme ne compte pas en jours, mais en épreuves. Or, celles-ci se renouvelaient constamment, sans que Jean-Marie eût le temps de se retourner, comme aurait dit Lise. Un problème résolu, c'était dix autres, plus subtils, qui se présentaient. Les pièges changeaient de nature, les difficultés dévoraient le temps, mais la petite flamme ne s'éteignait pas. Elle brûlait toujours plus fort, éclairait toujours plus loin.

Il connut quelques succès qu'il signala à Bienvenu. Un jour, son commentaire d'une épître de saint Paul aux Corinthiens fut repris en chaire par l'abbé Pons qui prêchait le carême cette année-là. On en adressa la copie à l'évêque de Cuneo qui y répondit par l'envoi d'un paroissien truffé de vignettes et d'un petit sac de dragées. Une autre fois, le jeune homme donna une traduction d'un des Miracles de sainte Thècle, qui reçut l'imprimatur.

Était-il satisfait de ses progrès et de ses triomphes ? Assurément. Était-il heureux ? Je le crois, s'il est un bonheur de l'orgueil et si l'orgueil à lui seul peut remplacer les forêts, les prairies, le mauve du ciel sur les crêtes, le balancement d'une robe dans un couloir, le goût âpre des baies sauvages. Avait-il réellement la vocation ? Justement non. Il avait compris assez tôt, avant la fin de la première année certainement, qu'il ne deviendrait jamais prêtre, mais il ne l'avait dit à personne.

Il se pencha sur des auteurs que je n'ai pas lus, étudia les Pères du désert, le *Cantique spirituel*, les instructions de sœur Angèle de Foligno. Pour autant, il ne négligea ni l'astronomie ni l'algèbre, et consacra beaucoup de veilles à la chimie qu'il comprenait mal. Ainsi passèrent les journées, les heures, les minutes. Puis le doute s'insinua. Et à travers lui, le regret. Ou le contraire. Ce ne fut qu'une impression pour commencer. Rien de violent. À peine un son arrivant de très loin, dans le silence du travail, pareil à la petite cloche enrouée du marchand de haches qui passe entre les prairies, son vieux chien bâtard dans les jambes et son havresac sur le dos. Ou comme l'odeur si fine et si incertaine de l'air dans le temps où la neige tombe pour la première fois après l'été, mettant fin aux espérances qu'on avait liées aux beaux jours. Et tandis qu'on respire à pleine gorge cette fraîcheur, on pressent que la grande roue des saisons est plus puissante et plus inexorable que nos désirs.

Un matin, au milieu d'un cours de géométrie, le grincement du pupitre qu'il soulevait pour prendre une gomme lui rappela le cri des oies dans la montagne et les jours plus désordonnés où les questions affluaient vers son esprit comme des oiseaux migrateurs. Qu'il était loin le temps où chaque animal entrevu lui créait un étonnement. Maintenant il ne souffrait plus des cruautés de l'univers ni de ses furtives splendeurs. Quand il effleurait de la main le cuir lisse d'un livre d'heures, il n'avait pas de haut-le-cœur à la pensée des veaux qu'on élève dans les étables pour que leur peau serve d'étui. Que de renoncement pour si peu de gain. N'avait-il pas payé chaque progrès de ses connaissances par un abandon? N'avait-il rien laissé se perdre derrière lui? Mais quoi? La forêt? Les champs? La lumière sur les glaciers? Le petit chemin connu de lui seul où il observait les mésanges? Non, ce n'était pas ça, le paysage ne changerait pas en son absence, il le retrouverait à son retour. L'aigle volerait au soleil, les marmottes siffleraient et tous les animaux occuperaient la place qui leur revient, les chevaux, les coqs, les renards. Autre chose le tourmentait.

Un après-midi, comme il traversait en diagonale le petit cloître, un pigeon se posa à ses pieds par étourderie. Dans un temps qui n'avait aucune durée, il admira la boule blanche qui palpitait, il perçut le soulèvement de ses ailes. Tout à coup, un autre pigeon se détacha d'une colonne et se posa sur le premier. Il y eut un tressaillement bref, une frénésie triste, immobile. Lorsque les oiseaux s'envolèrent, il eut honte d'avoir regardé.

La nuit suivante, Eliana se glissa dans son lit, entièrement nue, soi-disant pour lui confier un secret à propos de sa naissance dans la neige. Tu parles. Qu'est-ce qu'elle pouvait en savoir ? Au réveil, il se demanda si l'on peut commettre en dormant le péché de chair — encore une expression qui figurait depuis longtemps dans son cahier — et si un garçon qui mourrait dans son sommeil, après un tel rêve, serait damné nécessairement.

Il pensa dans un premier temps soumettre le problème à son confesseur mais ce projet entrait en contradiction avec son désir de garder le rêve pour lui. Et ce fut le désir qui l'emporta. Tout le jour, la vision de la nudité d'Eliana continua d'agir sur lui et de le troubler. Il se montra distrait, agressif. Pour la première fois, il reçut une punition, d'ailleurs modeste, une lettre de saint Jérôme à traduire et à recopier. Quand il eut fini son pensum et que ce fut l'heure d'aller dormir, il se glissa au plus vite sous l'édredon. Mais Eliana manqua le rendez-vous.

Il en obtint un autre à la place. Plus effrayant. Il rêva qu'il marchait dans la montagne en compagnie de la vieille Lise. La terre et le ciel étaient uniformément quadrillés. Le paysage, blanc et noir, se constituait sous ses yeux, dans le rythme de la marche, comme sous une dictée. Il ne s'étonna pas de voir un rocher épouser la forme du mot « rocher » ni de fouler le mot « chemin » au lieu d'aller sur un véritable chemin. Plus loin, il trempa les mains dans une cascade de lettres qui jaillissaient en l'éclaboussant. À ses pieds serpentait une rivière de voyelles. Étrange quand même. Pas très rassurant. Mais l'apparition au-dessus de lui d'un portique monumental composé des trois syllabes majuscules du mot ORAGE l'épouvanta.

— Lise! Où es-tu? criait-il dans son sommeil.

— Ici, déclarait une femme voilée de gris qui se tenait debout sous le portique.

— Aide-moi. J'ai peur.

— Peur, mon petit? C'est un nom féminin. Du latin *pavor*, à l'accusatif *pavorem*.

— Au secours!

Lise, dont le nom de baptême était Louise comme je l'ai dit, s'éloigna et l'enfant découvrit avec horreur que sa silhouette bossue se résumait à l'empilement des lettres de son prénom :

L
O
U
I
S
E.

Il se réveilla en sursaut dans la chambre humide. Le tonnerre grondait. Et l'averse frappait aux vitres. Quel soulagement de savoir que la foudre et la pluie étaient bien réelles et que le monde ne se réduit pas à sa pure calligraphie. Quel bonheur d'avoir un corps, même frissonnant sous les draps, et de sentir que la vie traverse ce corps dans une palpitation que l'esprit ne commande pas et qui vient de loin. Repensant à son cauchemar, il lui semblait que la vieille Lise, cette paysanne illettrée, lui avait adressé un reproche. Elle lui avait fait savoir, par le biais du rêve, qu'elle était mécontente de lui, parce qu'il avait négligé le don fragile et toujours immérité qui nous a été accordé pour si peu de temps.

Alors son cœur se révolta. Il comprit, à quinze ans passés ou peut-être seize, qu'il avait laissé derrière lui plus que les oiseaux et les arbres, les cascades et les rochers, les ronciers en fleur et les boucles de la rivière. Il avait perdu le pouvoir d'être sève parmi les sèves et bourgeon parmi les bourgeons. Et de regarder toute chose dans son début. Et d'être le début de toute chose. Par un don que l'animalité fait à chacun mais qui avait prospéré en lui plus que chez d'autres, il avait entendu les premiers mots d'une langue qui n'était parlée que pour lui, et il s'en était détourné. Oui, par orgueil ou par vanité, il avait cru qu'on pouvait posséder le monde. Quelle folie. De tant d'années d'études et d'apprentissage, de tant de tourments et de veilles, que lui restait-il à présent ? Des listes de mots et la capacité de mesurer l'étendue de la perte qu'il avait faite.

Il se souvint des soirs d'été sur la terrasse quand Eliana tardait à apporter de la lumière et que les premières étoiles s'allumaient au-dessus de la montagne comme des lampes de berger. Il crut entendre de nouveau, dans le couloir, le pas précautionneux de Bienvenu qui venait sur la pointe des pieds vérifier si l'enfant s'était bien endormi, et lui, l'enfant trouvé, qu'on appelait alors Petit Jean, fermait tout exprès les paupières et cessait de s'agiter en croyant tromper le bonhomme qui feignait de ne rien remarquer. Il se rappela ses réveils dans la Maison haute et ses incursions en forêt après la classe, tant d'heures où il avait joué à faire semblant de se perdre — et qui étaient perdues maintenant.

Soudain un sanglot le suffoqua. Il alla ouvrir la fenêtre qui donnait sur le cloître inondé, et il pleura sans retenue, face à la nuit, jusqu'au moment où les pleurs cessèrent d'eux-mêmes, où il se sentit plus léger et donc plus fort. Dès que le paroxysme de la crise fut passé, il sut qu'il n'avait pas souffert pour rien, qu'un changement s'était produit en lui. Mais lequel? Son regard s'attardait sur les flaques, sur les piliers comme pour chercher une consolation ou un réconfort. Il pensa encore une fois à l'agonie de la vieille Lise, que son père adoptif lui avait cachée et qu'Eliana avait fini par lui raconter. Il se demanda de quel côté de la montagne elle était morte, et pourquoi elle avait voulu mourir au pays de sa naissance. Puis il brûla son cahier de vocabulaire dans la cuvette à fond émaillé qui lui servait pour sa toilette, et il s'endormit.

CHAPITRE 8

Le paradis n'est pas pour tout de suite

Parmi les privilèges que Jean-Marie avait obtenus de ses professeurs, le plus extravagant, le plus envié, était celui de pouvoir se rendre à la bibliothèque de la ville quand il le souhaitait, sans avoir à demander l'autorisation. Le trajet n'était pas long. Il lui suffisait de descendre l'étroite rue qui longeait le cloître, de traverser un carrefour où stationnaient les omnibus et de s'enfoncer dans une avenue bordée d'ormeaux, presque toujours déserte à l'heure de sa visite. Or, c'est là, au cours d'un après-midi anodin, que le fin museau du hasard, la bête affamée qu'il n'est plus nécessaire de présenter, fit une brève sortie entre deux arbres, huma l'air, gratta quelques feuilles, secoua un volant de robe et se changea en jeune femme.

Sur le coup, Éphraïm, tout à des pensées que j'ignore, ne remarqua rien. Je veux dire : rien d'anormal. Mais dès qu'il eut laissé derrière lui la vision idéalement floue de feuilles rouillées et de linge, le sentiment d'une anomalie l'arracha à ses réflexions, comme un minuscule gravier lancé avec force contre une vitre fait sursauter le chauffeur sur le point de s'endormir.

« N'ai-je pas croisé Eliana ? » se demanda-t-il.

Oui, Eliana ! C'est le nom qui lui vint à l'esprit spontanément. Je n'invente rien. Comme personne, jusque-là, ne l'avait troublé davantage que la servante dont il avait vu les épaules nues sous la lune, il ne pouvait imaginer que quelqu'un d'autre fût la cause de son émoi.

« Il faut qu'elle m'ait reconnu, se dit-il, puisqu'elle a souri, mais pourquoi ne m'a-t-elle pas salué ? Et que fait-elle par ici ? Pourquoi a-t-elle quitté la montagne ? »

Il fit demi-tour pour élucider ce mystère.

Aussitôt son erreur lui sauta aux yeux. Non, ce n'était pas Eliana qui lui avait souri, la discrète Eliana aux cheveux couleur de tilleul et aux façons de chat sauvage, mais une inconnue dont les yeux soulignés d'un trait noir et la bouche rouge semblaient lui dire, dans la langue du paradis, qu'ils s'étaient déjà rencontrés et s'étaient perdus plusieurs fois, mais où, quand et dans quelles conditions, c'était le point à établir.

Il s'arrêta devant la jeune femme et la dévisagea, le cœur battant, sans dire un mot. L'intéressée ne chercha pas à se dérober au regard, mais son sourire de composition, son sourire perpétuel, se retira millimètre par millimètre, comme si, loin derrière son masque de complaisance, une minuscule pince de glace avait tiré lentement sur un fil.

— Pas toi, dit-elle d'une voix rauque.

— Qui êtes-vous ?

— Tu es trop jeune. Va-t'en !

Trop jeune ! C'est ce que la femme avait dit et presque crié. Jean-Marie voulut protester qu'il n'était pas jeune du tout, puisqu'il avait déjà seize ans, mais avant qu'il eût commencé de réunir ses arguments, un homme en chapeau sortit de derrière un arbre, saisit la jeune femme par le bras et l'entraîna vers une voiture.

— Mais qu'est-ce que tu fais dehors, nom de Dieu ! Je t'avais dit de ne pas sortir !

— Je n'ai pas une minute pour respirer, protesta la jeune femme.

— Je t'en donnerai, moi, de l'air...

Jean-Marie avait assisté à l'enlèvement sans intervenir. Il regarda le couple qui montait dans une voiture. La portière se referma. Il lui sembla que la jeune femme lui adressait un signe discret derrière la vitre, mais peut-être remontait-elle de la main une mèche de cheveux qui était retombée sur sa joue. L'auto démarra, prit de la vitesse et disparut. Il pensa que l'inconnue avait raison, qu'il était encore un enfant. Puis il pensa qu'elle avait tort, qu'il pouvait ne plus en être un. Il se dit, je retrouverai cette femme. Je la retrouverai, quoi qu'il m'en coûte. Elle ne peut pas m'échapper !

Traduttore

Le lendemain était un de ces dimanches gris de novembre qu'une pluie fade et continuelle prive de commencement et de fin, une journée lente, incertaine, qui ressemblait à ces registres quadrillés où des greffiers silencieux inscrivent d'une plume crachotante les faits et les comptes de la semaine : un arbre tombé dans la cour, l'achat d'un lot de fournitures, telle somme consacrée à la réfection d'une salle, le suicide d'un cuisinier, dont personne au séminaire ne s'était plaint.

La bibliothèque de la ville étant fermée, Jean-Marie n'avait plus de prétexte pour sortir. Après la messe, il retourna dans sa cellule et se concentra sur la vision que la providence lui avait accordée, avec la même fougue et le même désir d'en pénétrer le sens caché que s'il avait eu à traduire sans dictionnaire une page de Tite-Live. Et puisqu'on doit lire le texte plusieurs fois avant le moindre mot à mot, il repassa la scène dans son esprit. Qui était cette jeune femme? Pourquoi avait-elle suivi sans protester l'homme au chapeau?

Il avait pris un crayon et posé devant lui une feuille blanche. Sa main, presque machinalement, griffonnait le visage de l'inconnue à différents moments de la rencontre. Bientôt la page fut couverte de petits portraits assez ressemblants, car il excellait en dessin. Lorsque la feuille fut remplie des deux côtés, il se mit à marcher dans la chambre, abandonnant les esquisses sur la table de travail pour regarder l'averse qui brouillait le petit cloître.

Et soudain l'évidence s'imposa, il comprit qu'il avait croisé la Madeleine parfumée d'avant la rencontre du Christ, celle que Tertullien condamne sous le nom de « femme publique », la *prostituta* des Latins. Oh! vous, petite sainte Afre d'Augsbourg, courtisane convertie, morte au bûcher, patronne des filles de joie, priez pour lui!

Mère et fils

Les jours suivants, retournant sur les lieux du crime en quelque sorte, il alla faire les cent pas dans l'avenue bordée d'ormeaux sur laquelle s'ouvrait la bibliothèque. Le conservateur, qui avait observé le manège des fenêtres de son bureau, vint lui demander pour quelle raison il restait ainsi dans le froid.

— J'attends quelqu'un, déclara-t-il sans hésiter.

— Vous l'attendrez aussi bien à l'intérieur. Venez vite vous réchauffer.

Il céda à l'invitation et fit semblant de s'intéresser à une édition ancienne de Bossuet qu'on était allé lui chercher. Assis à l'écart des autres lecteurs, sous une lampe à abat-jour, il tourna les pages distraitement en comptant les pas qui le séparaient de la porte et il s'éclipsa dès qu'il se sentit oublié. Dans l'avenue, un petit vent gris rassemblait des labyrinthes de feuilles sèches qui tournoyaient à ras du sol. Le soleil avait déjà sombré derrière les toits. C'était l'heure de rentrer au séminaire. L'après-midi était perdu.

Il changea de plan de campagne. On le vit arpenter les boulevards en scrutant les terrasses des cafés sans oser entrer car il aurait rougi de commander une limonade. J'imagine qu'il parcourut, comme je l'ai fait ce matin, les allées du champ de foire et de l'esplanade, les deux places monumentales, les arcades du marché et toutes les petites rues animées qui formaient le quartier le plus populaire et le plus ancien. Sous le costume strict du séminariste, il était déjà le jeune homme aux épaules hautes que les caissières remarquaient de leurs comptoirs et à qui les fleuristes, occupées à réassortir les vitrines, souriaient au-dessus des cyclamens.

Tout porte à croire qu'il apprit beaucoup sur la ville et ses habitants, en quelques semaines. Il découvrit qu'elle ne se résumait pas à une juxtaposition d'immeubles, de rues, de commerces, de restaurants, mais qu'elle devait son attrait aux passants eux-mêmes, aussi différents des villageois qu'il connaissait que des prêtres du séminaire. Il fut le spectateur d'innombrables rencontres sans lendemain, de brutalités inaperçues, de coups de foudre, de trafics, de trahisons. Par une manie toute personnelle, qu'il devait à son goût pour l'observation autant qu'à la lecture des moralistes, il s'imprégnait très vite des manières, des façons d'être, des parfums, des gestes, des tics de ses interlocuteurs au point d'en conserver pendant quelques jours une image aussi nette qu'une épigramme. Peu à peu, presque malgré lui, il élargit le champ de ses recherches et il lui arriva de faire le planton à l'arrière d'un théâtre, devant la sortie des artistes, ou de s'arrêter à la porte des ateliers pour voir travailler les couseuses. Comme s'il avait eu un flair particulier pour le revers trouble des choses, il repéra les lieux écartés où s'opèrent les échanges qui se passent de témoins. Il aima les recoins lugubres, voués aux apparitions de mendiants et de femmes tristes, les espaces abandonnés qu'affectionnent les chiens errants, les quartiers en démolition.

Un après-midi, comme il s'enfonçait dans une ruelle inconnue, croyant qu'elle serait un raccourci pour rejoindre le boulevard, il fut trompé par la similitude d'une démarche et crut voir trottiner vers lui, au bras d'une arsouille en chapeau, la bien-aimée, pour lui donner ce nom. Dieu sait où le feutre aurait roulé si l'illusion ne s'était pas dissipée rapidement !

Une autre fois, dans une rue qui aboutissait à la rivière, il entendit des gémissements par-dessus un mur assez haut. C'étaient de petits cris aigus, désagréables, comme un piaulement de poussin. Il se rappela l'erreur qui l'avait conduit autrefois à surprendre Eliana dans le lit de Bienvenu. Il s'était demandé souvent si son irruption dans la chambre n'avait pas brisé une liaison qui commençait, en lui faisant prendre le jour. Pas question cette fois de céder à la même curiosité.

Cependant, derrière le mur, la voix ne gémissait plus : elle réclamait de l'aide. « À moi...! Vite ! » Jean-Marie n'était pas à un âge où un appel au secours fait hésiter. D'un bond, il s'accrocha au mur et se hissa par la force des bras.

Devant lui s'ouvrait une cour où poussaient des saules malingres. Entre les arbres se tenaient des personnages au visage blanc, vêtus de costumes de soie, de satin, de velours doré, de dentelle, de mousseline. Beaucoup dissimulaient leurs intentions sous des chapeaux à large bord et tenaient une canne ou une arme sous le bras. Quelques-uns, qui semblaient arriver de loin, avaient posé un sac de voyage à leurs pieds.

La première pensée d'Éphraïm, sa première impression plutôt, fut que la vieille Lise était cachée au milieu de mannequins qu'on avait habillés et fardés pour fêter sa résurrection. Mais c'était de ces pensées qui n'ont pas plus de consistance que la poudre sur les ailes des papillons. Dès qu'on tente de les fixer, leur légèreté s'évapore et la pensée ne vole plus.

— À moi ! S'il vous plaît !

Il regarda du côté d'où venait l'appel. Sous l'auvent d'une galerie formant véranda, un jeune homme gisait sur le dos, entre des béquilles. Jean-Marie se laissa glisser le long du mur, souleva le corps long et maigre et le porta dans le fauteuil. L'infirme, les yeux grands ouverts, les joues blêmes, respirait difficilement et ne disait rien. Quand il eut repris des forces, après un long temps, il déclara d'une voix faible mais joyeuse qu'il n'avait rien de cassé, qu'il allait bien et qu'il fallait avant tout cacher l'incident à sa mère qui était sortie et pouvait revenir d'un instant à l'autre.

— Votre mère voudra savoir pourquoi je suis là.

— Je lui dirai que vous avez sonné pour louer une de nos chambres.

— Vous avez des locations?

— Justement non. Toute la maison est occupée par les mannequins.

Il rit de ce qui semblait être pour lui une bonne plaisanterie, mais, le rire ayant détraqué sa respiration, il ne put parler d'un moment. Éphraïm se tourna vers la cour. Le soleil d'automne derrière les saules faisait scintiller les colliers, les épées et les boucles des ceinturons. Une légère brise, venue de la rivière, agitait le bas des robes et les pans des vestes. Toute la troupe semblait attendre l'ordre d'un metteur en scène pour se mettre en marche à travers la cour et faire le mur.

— On les dirait vivants, dit Éphraïm.

— Hé! cela vous étonne? Qu'est-ce que vous croyez? Sonia Balinova est la plus grande costumière de Russie! Elle a dessiné les robes d'Olga Knipper.

— Olga Knipper?

— La femme de Tchekhov! Mais vous ne savez pas non plus qui était Tchekhov? Et Chaliapine, jamais entendu parler, je parie?

— Non.

— C'est la plus belle basse chantante de tous

les temps! Staline lui offre une datcha pour qu'il retourne à Moscou, mais il n'acceptera jamais! De New York, il a commandé à ma mère les costumes de Boris. Je crois que nous irons nous installer en Amérique après Noël. À propos, je m'appelle Grigori.

— Moi, j'ai beaucoup de noms, dit Éphraïm. Peut-être plus qu'il ne m'en faut.

— Donnez-m'en un qui n'ait pas trop servi, s'il vous plaît.

— Que diriez-vous de Narcisse?

— Je suis sûr que ma mère adorera.

Il y eut trois longs coups de sonnette, suivis de deux autres plus courts, mais tout aussi péremptoires. À ce signal, Grigori s'agita dans le fauteuil, saisi par le trac.

— Surtout... ne me tra... hissez pas! balbutia-t-il.

— Mais que voulez-vous que je...

— Chut!

Enveloppée dans une cape de velours vert, coiffée de plumes de faisan, une femme grande et impérieuse s'avança dans la galerie. Toute la lumière de novembre se concentra sur son visage large, ses cheveux paille roulés en torsades sur les oreilles, son teint de coquille Saint-Jacques et sa bouche de tulipe. En apercevant un inconnu près de son fils, l'arrivante se délesta d'un coupon de tissu, ajusta ses lunettes roses et s'approcha de Jean-Marie qu'elle examina sous toutes ses coutures sans dire un mot.

— Il s'appelle Narcisse, remarqua Grigori au bout d'un moment. Il cherche une location dans le quartier.

— Tu lui as montrré la chambrre bleue? demanda madame Balinova d'une voix chantante où les « r » roulaient comme des fins d'orage dans la forêt.

— Elle lui plaît.

— Tu lui as dit que nous étions des hôtes et non des logeurrs?

— Bien sûr.

— À parrt de prrendre le thé avec nous, nous ne lui demanderrons rrien!

— Il en est véritablement enchanté.

— Parrfait! Qu'il s'installe ici demain. La chambrre serra prrête!

Décontenancé par cette conversation dont il était exclu bien qu'il en fût l'objet, Éphraïm tenta de se retirer. Mais Sonia Balinova, toujours souriante, lui posa la main sur le bras pour le retenir, tout en continuant de s'adresser à Grigori :

— Pourrquoi porrte-t-il ce vêtement noirr qui conviendrrait mieux à un abbé?

— Je ne sais pas.

— Quand il habiterra chez nous, je lui prrêterai des costumes plus sympathiques.

Et, avant de rentrer dans la maison pour réchauffer le samovar, selon ce qu'elle déclara, elle montra d'un geste vague et prometteur les habits de scène qui brillaient sur les mannequins et semblaient garder encore dans leurs plis, à peine agités par la brise, un peu du mystère de la journée. Grigori, immobile au fond du fauteuil, laissa s'éloigner le bruit des bottines souples sur les carreaux avant de souffler profondément.

— Vous ne m'avez pas trahi! dit-il à voix basse. Je ne l'oublierai pas.

— C'était la moindre des choses...

— Ma mère ne veut pas savoir que je ne marcherai jamais plus. Elle croit que je fais semblant d'être infirme parce qu'elle a toujours fait semblant. C'est une artiste, je vous l'ai dit. Avec trois morceaux de taffetas qu'elle agitera sous vos yeux comme un toréador qui bouge sa cape, elle vous construit un dédale de sentiments et vous conduit bon gré mal gré dans son labyrinthe d'étoffes jusqu'au vide qui est en chacun. Terrible expérience, je vous assure. Vous croirez être au centre du monde, environné de sa splendeur, et vous n'aurez plus de visage. Vous sentirez les énergies se rassembler sur votre cœur, mais il sera détruit. Moi aussi, j'ai marché comme vous. Moi aussi, je me hissais sur les murs par la seule force des bras. Et j'aurais porté la planète sur les épaules. Voyez ce que la folie de ma mère a fait de moi. Si vous êtes faible et craintif, ne revenez jamais ici. Parce qu'elle est vraiment dangereuse. Mais si vous êtes aussi solide que vos biceps, venez nous voir. Vous ne perdrez pas votre temps.

Dédoublement

Voilà comment, sous le nom de Narcisse Bénito, Jean-Marie fit la connaissance de la célèbre artiste russe qui devait, dix ans plus tard, être assassinée à New York. À l'heure où il était censé travailler à la bibliothèque, l'adolescent venait prendre le thé sous l'auvent de la galerie. Et ce fut pour lui l'occasion de découvrir qu'il n'était qu'un paysan sans goût ni manières, et qu'il lui restait à peu près tout à apprendre.

Au séminaire, ses absences n'étaient pas encore suspectes, mais plusieurs religieux, à la suite du père Tarde, s'inquiétaient de son air de distraction, démenti néanmoins par l'excellence de ses résultats. Sans doute n'est-il pas facile de mener de front plusieurs vies. C'est pourquoi, devançant la permission que le lecteur ne manquera pas de m'accorder si je la demande, je vais, le temps d'un cigarillo, dire en quelques bouffées mon admiration pour cet Éphraïm de seize ans qui parvint à tenir plusieurs rôles dans la pièce que le hasard lui faisait jouer. Je me souviens qu'à son âge, obligé de gagner ma vie comme livreur de pains de glace, les détours et les haltes que ma passion pour une chocolatière de Nîmes m'amenait à introduire dans mes trajets entraînèrent la perte simultanée de mon innocence et de mon emploi. Mais lui, l'enfant trouvé, le prodige du séminaire, continua d'être le meilleur « élément » du diocèse, brillant latiniste et remarquable dessinateur, tout en poursuivant avec la même inflexible détermination un rêve que ses maîtres n'auraient pas manqué de blâmer s'ils en avaient eu connaissance.

Je ne sais plus si j'ai dit en temps utile que Jean-Marie avait pour professeur de latin-grec le père Gabriel, un homme timide et pâle, aux attaches fines, qui rougissait pour des raisons connues de lui seul. Or, il arriva qu'un jour les deux latinistes tombèrent nez à nez sur la partie basse du boulevard, qui n'est pas la mieux fréquentée. Passé le premier moment de surprise, l'ecclésiastique, plus confus que son élève, exigea une explication.

— Je suis allé rendre visite à une parente qui est infirme, déclara le jeune homme sans se démonter.

— Il fallait nous en avertir !

— J'ai eu peur qu'on me l'interdise.

— Allons donc ! Vous a-t-on déjà interdit beaucoup de choses ? Où habite votre parente ?

Jean-Marie indiqua la petite rue où vivaient

madame Balinova et son fils. Puis, sous le coup d'une inspiration audacieuse, il proposa au prêtre de l'y conduire. Après tout, c'était à deux pas et il n'avait rien à cacher. Rassuré par tant de bonne volonté, le père refusa. Il y a des jours où, quoi qu'on fasse, les mensonges sont plus convaincants que la vérité.

Le lendemain, au début du cours de latin, le professeur rendit les versions de la semaine précédente. Il s'agissait d'un texte de Sénèque. Toute la classe avait buté sur les mêmes mots, *temporis pernicissimi celeritas.* Seul Jean-Marie avait traduit avec élégance, *la promptitude du temps si agile à fuir,* ce qui constituait en quelque sorte une ébauche d'autoportrait. Ayant obtenu la meilleure note comme chaque fois, il ne se sentait pas concerné par le corrigé. Sa copie posée devant lui, les yeux dans le vague, il semblait loin de l'Antiquité, loin du séminaire, loin du présent.

À la fin du cours, le père Gabriel le prit à part :

— J'ai plaidé avec succès votre cause auprès de notre directeur.

— Ma cause ?

— Vous êtes autorisé à rendre visite à votre parente, après être allé à la bibliothèque. Nous avons pensé que votre présence pouvait lui être d'un grand secours. C'est une grand-tante, n'est-ce pas ?

Coudées franches

Mon cigarillo vient de s'éteindre et je ne suis pas sûr d'avoir fait l'éloge que je croyais. Narcisse risque d'apparaître comme un habile, alors même qu'il se débat pour sauver quelques chimères. S'il donne le change ou s'il ment, comme on a pu voir, est-ce par immoralisme ? Je ne crois pas. Mais il lui faut garder les coudées franches pour avancer, on ne livre pas les clés du royaume avant de l'avoir découvert. Il y a tant de menaces qui pèsent sur ce qu'on espère ! Tant de blocs prêts à rouler sur le chemin qu'on allait prendre. Tant de mauvaises herbes pour si peu de coquelicots. Et le temps *si agile à fuir* qui détruit toutes les résolutions et ne laisse que le regret de n'avoir rien fait contre lui.

Dans les moments de doute, qui étaient nombreux, il se faisait reproche d'abuser de la crédulité des bons pères, et il se demandait si l'heure n'était pas venue de leur dire la vérité. Puis il pensait à Bienvenu et à ses combats silencieux contre l'opinion. Un jour, peut-être, il ouvrirait son cœur au monde et le monde l'approuverait. De cela, il était certain. N'avait-il pas déjà le soutien posthume de Lise qui s'échappait, certaines nuits, du pays des morts pour le visiter en rêve et l'encourager à tenir bon ?

Il avait reçu de son tuteur une certaine somme d'argent pour faire face à des dépenses vestimentaires. Il acheta un pardessus en poil de chameau et commença de fréquenter les brasseries où son petit pécule intéressa vivement les prostituées, tandis que ses fortes épaules et son air ardent attiraient le regard des buveuses de grenadine. Je serais d'ailleurs tenté de croire — mais *vade retro, calumnia !* — que la mère de Grigori fabriqua elle-même le manteau mentionné plus haut et qu'elle l'offrit à son protégé en échange de quelques baisers à la russe.

CHAPITRE 9

Boogie woogie

Les jours passèrent lentement et l'automne vite. On était déjà en décembre. Le vent de l'ouest poussait des nuages gris. L'inconnue de l'allée des ormeaux ne s'était plus manifestée. Narcisse ne se décourageait pas, mais il n'avait pas progressé, sauf dans son amitié pour Grigori qui l'attendait tous les après-midi. Or, il arriva qu'une fois, à l'heure du thé, un écureuil traversa vite le jardin.

— Il est rare d'en voir à cette époque, dit le Russe en poussant les roues de son fauteuil. C'est parce que vous êtes là. Vous l'avez attiré.

Narcisse n'avait pas bougé. Debout près des baies vitrées, sa tasse à la main, il gardait les yeux fixés sur les saules. Ce fut la sensation du thé chaud mouillant ses chaussures qui l'arracha à la rêverie.

— Cet écureuil vous a troublé, dit Grigori.

— C'est vrai. Il m'a fait penser à une personne qui se cache dans cette ville et que j'aimerais retrouver.

— Peut-être est-il un signe qu'elle vous aura envoyé.

Sonia Balinova se présenta à cet instant et la conversation s'arrêta là. Narcisse nota néanmoins que la Russe portait un renard en tour de cou et que les yeux morts de la bête brillaient d'une manière désagréable.

La nuit suivante, il eut la fièvre et se mit à délirer. Tantôt il se figurait qu'il allait mourir sans avoir revu l'inconnue. Tantôt il croyait l'avoir épousée et s'étonnait de ne pas la sentir contre lui dans sa couchette. « Pourquoi te caches-tu ? lui disait-il. Tous les prêtres qui sont ici ne nous ont-ils pas mariés ? »

La maladie dura huit jours. Un médecin lui prescrivit des badigeons d'iode et des cataplasmes de moutarde qu'une religieuse lui appliqua dans le dos et sur la poitrine avec des paroles douces et des mains vives. Il but des tisanes, des bouillons, des grogs, il suçait des pastilles Valda et gardait des compresses sur le front. Puis la fièvre tomba, l'appétit lui revint d'un coup, il se remit vite au travail pour rattraper les leçons en retard et reprit ses habitudes de sorties. Il retourna dans les quartiers qu'il préférait, en découvrit d'autres qu'on lui indiqua et franchit pour la première fois — un vendredi ! — le seuil d'une maison close qu'un passant lui avait signalée. Il se retrouva seul dans un vaste salon désert, peu éclairé, plein de renfoncements et de recoins. La pièce sentait le cigare froid et les œillets, mais sans doute aussi des parfums puissants que Jean-Marie ne connaissait pas et que je vais nommer pour lui : le musc et l'opopanax, l'héliotrope et le vétiver, la vanille, peut-être l'éther ou l'opium.

Il y eut un bruit de pas léger comme un frôlement de musaraigne. Un petit homme souffreteux, en habit noir et cravate desserrée, entra sur la pointe des pieds et se dirigea vers le piano. Il sursauta en découvrant qu'il n'était pas seul dans la pièce, et son visage de rongeur se renfrogna.

— Vous arrivez beaucoup trop tôt, marmonna-t-il en s'asseyant au bord du tabouret. Mauvaise heure à présent. Elles dorment!

— Ah!

— Je vous dis que ces demoiselles ne sont pas encore levées. Revenez plus tard!

— Je ne serai pas libre!

— Vous êtes prisonnier? Faites le mur! C'est le soir qu'on s'amuse ici.

— Et si je n'ai pas envie de m'amuser?

— Pourquoi? Vous avez des préjugés? Quand vous reposerez dans une urne au crématorium, comme moi l'été prochain, il sera temps pour vous d'avoir de bonnes fréquentations!

Après cet avertissement désabusé, le petit homme ouvrit le piano et souffla sur le clavier comme pour chasser une mouche. « Surtout, ne venez pas dire plus tard que vous n'étiez pas prévenu! » murmura-t-il dans sa cravate.

Et il attaqua un boogie.

Un boogie woogie.

Un boogie woogie boogie.

Une porte claqua au premier étage, des chaises furent déplacées. Tintement de carillon au fond d'un couloir et bruissements impossibles à situer, car la musique recouvrait tout.

— Moins fort, Horace, s'il te plaît! dit soudain une voix puissante, venant d'en haut.

Et aussitôt après:

— On vous a laissé seul, monsieur, ce n'est pas bien!

Jean-Marie leva les yeux et vit une femme en turban, d'une obésité prodigieuse, qui descendait l'escalier au ralenti, tenant à deux mains la rampe dorée et marquant une pause à chaque marche. À cet instant, il aurait voulu être ailleurs, mais il se souvint d'Hannibal et pensa qu'il était trop tard pour reculer.

— Il faut les excuser, monsieur. On a fêté mon anniversaire toute la nuit. Et maintenant ces demoiselles dorment ! Moi, j'ai toujours mes insomnies et la valériane n'y fait rien. Ursule ! Myriam ! Chloé ! Thélonia ! Jeanne ! Aurélie ! Venez voir !

Arrivée au rez-de-chaussée, la maîtresse, puisqu'il faut l'appeler ainsi, pivota sur une jambe et se dirigea vers Éphraïm dont le front se couvrait de sueur froide.

— Ah ! tu n'es pas un monsieur, mais un tout jeune homme. Je t'avais mal regardé. Comment t'appelles-tu, mon petit ?

— Narcisse.

— J'ai connu un Narcisse à Buenos Aires. Un fameux danseur de tango.

Madame Hortense frappa dans ses mains. Le « tout jeune homme » se vit prisonnier d'un cercle de demoiselles qui représentaient, j'imagine, un florilège des fantasmes masculins des années trente. Il était trop confus pour admirer les visages ensommeillés qui le jaugeaient et il s'apprêtait à battre en retraite sans gloire, au moment où apparut la jeune femme qu'il cherchait depuis tant de jours, celle pour qui, dans la rue, il avait failli faire le coup de poing.

— Vous voyez, je vous ai retrouvée, dit-il simplement.

— Toi alors ! répondit-elle, de sa voix rauque.

Je ne jurerai pas que ces deux répliques sont exactes. Les faits sont anciens et il doit y avoir prescription pour d'aussi minces souvenirs.

Mais tout porte à croire qu'à cet instant commença pour Thélonia une sorte de tournoiement qui s'amplifia d'heure en heure, emporta les calculs et les certitudes, et ne cessa qu'avec la mort de la prostituée, trois jours plus tard. La responsabilité du jeune homme dans le déclenchement du vertige n'est pas douteuse. C'est lui qui fit le geste décisif puisqu'il referma la main sur le bras de la jeune femme à l'endroit même où finissait la manche de sa tunique. Voulait-il réellement *passer à l'acte*, comme avait coutume de dire Madame Hortense ? Je n'en suis pas sûr.

Cependant Thélonia ne pouvait rester indifférente à la main posée sur son bras. Dans le monde où elle avait fait irruption six mois plus tôt, un tel geste n'avait qu'une signification : elle était choisie par un client. Avec l'indifférence et le détachement dont elle faisait preuve dans ces cas-là, elle conduisit Éphraïm vers une chambre de l'étage et mit en route, machinalement, le protocole du plaisir non partagé, une succession d'actes précis, hygiéniques ou vestimentaires, que les pensionnaires de la maison apprenaient dès leur arrivée.

Et ce que l'adolescent n'avait pas prémédité se produisit dans une chambre qui sentait l'eau de Cologne et le savon noir. À travers les gestes et les mouvements de toujours, ce fut la répétition des anciennes joies de l'espèce que chacun réinvente à sa manière, avec des tâtonnements de pionnier. Oui, dans ce lieu sordide et indigne, Éphraïm, que j'appellerai Narcisse à présent, goûta pour la première fois à la chair du monde, il y plongea les yeux et les mains, il la répandit comme une brassée d'herbes fraîches, il but sa rosée, sa buée, sa fleur de sel, il la caressa, la fouilla, la déplia, la renversa, l'ouvrit, la défit, aspira sa pulpe de prune et son amertume de gentiane. Dans sa hâte à ne rien perdre du plaisir qui l'inondait, il ne se préoccupa guère de savoir si Thélonia y prenait part, persuadé probablement qu'elle éprouvait ce qu'elle faisait ressentir. Et plus tard, quand elle se leva, il resta étendu sur le dos, les yeux fermés, cuvant sa joie, un coussin rouge sur le ventre.

Fox-trot

Du rez-de-chaussée montaient des accords de piano et le brouhaha des conversations.

— Dépêche-toi, dit Thélonia qui se rhabillait.

— Qu'est-ce qui nous presse ?

— Je n'ai pas le droit de rester avec les clients. Je dois rejoindre les autres.

— C'est fini, ça ! Qu'elles se débrouillent sans vous !

Thélonia achevait d'ajuster sa tunique devant le miroir. Elle apercevait Narcisse de trois quarts, derrière son épaule. Elle le trouvait beau garçon, mais ne comprenait rien de ce qu'il disait. Du chinois.

— Qu'est-ce que tu racontes ?

— Que vos amies devront se passer de vous. Prenez juste quelques affaires. Nous emporterons le reste plus tard.

Thélonia savait que les hommes la choisissaient plus souvent que ses compagnes parce qu'il y avait dans ses yeux clairs une fragilité qui leur plaisait. Mais elle se croyait dépourvue de sens pratique et avait renoncé depuis longtemps à percer les complots de l'existence.

— Pourquoi veux-tu que je prenne des affaires?

— Oh! Si vous préférez les laisser, je viendrai les chercher demain.

Quand le monde devenait vraiment compliqué, ce qui arrivait au moins trois ou quatre fois par semaine, Thélonia connaissait un recours dont elle se privait de moins en moins. Une part importante de ses gains, déduction faite des retenues que la maîtresse prélevait d'autorité, passait en laudanum et en morphine. Elle porta la main vers le tiroir secret de la coiffeuse, puis se ravisa.

— Mais de quoi tu causes?

— Nous prendrons un hôtel. Et demain ou après-demain, nous filerons dans la montagne.

— La montagne? Où ça?

— Col-de-Varèse. Mon tuteur possède des fermes, là-haut. Et aussi pas mal de bétail. Je suis sûr que vous aimerez.

Elle revint s'asseoir sur le lit en disant que la tête lui tournait. Elle répétait la montagne, les fermes, pas mal de bétail. Mon tuteur. Sûr que j'aimerais. Elle comprenait chaque mot mais ne voyait pas quel rapport ils entretenaient avec le présent. Elle avait pour principe de s'en tenir à la vie qui lui était échue, sans jamais en souhaiter une autre, pour ne pas se faire de mal. Il est vrai que, le matin, quand elle s'endormait dans la petite chambre qui lui était réservée au dernier étage, et que les clients ne connaissaient pas, il lui arrivait de parcourir en rêve une ville où il n'y avait pas d'hommes pour vous lorgner, seulement des petites filles, des femmes et des animaux. Et c'est vrai aussi qu'au réveil, elle se demandait chaque fois si, en suivant les bords du fleuve, elle ne parviendrait pas à cette ville.

— Ce n'est pas bien de te moquer de moi maintenant, murmura-t-elle.

— Je ne me moque pas de vous !

— Si tu crois que je verrai un jour la montagne !

— Qui nous en empêche ? Il faut deux jours pour aller chez moi. Mettons trois, si on rate la péniche. On pourra être chez nous dimanche soir.

La péniche. Trois jours. Peut-être deux. Dimanche soir. Pas d'empêchement. On serait chez nous. Qu'est-ce que ça veut dire « chez nous », quand on a sa petite chambre là-haut où les clients ne viennent pas ? Thélonia entendait chaque mot comme un son détaché des autres, qui n'avait pas plus de sens que les notes du piano. Narcisse vit qu'elle hésitait et lui prit la main. Elle protesta :

— Parce que tu te figures qu'ils me laisseront partir comme ça ?

— Il faudra bien.

— Jamais ils n'accepteront.

— C'est ce qu'on verra.

— Et puis ici, tu sais, j'ai tout ce qu'il me faut.

— Tout ?

Il éclata de rire à cette pensée, lança le coussin dans la pièce et se leva pour se rhabiller. À présent, c'était lui qui se tenait devant la glace, joyeux, nu, sûr de son droit, dès lors qu'il était sûr de son désir. Il voyait la jeune femme dans le miroir, il pensait, je m'étais juré de la retrouver et je l'ai fait. Dieu n'a pas voulu que je la perde. Un autre aurait abandonné, mais j'ai eu raison de m'obstiner, elle est au-dessus de tous les rêves que j'avais d'elle. Et il lui semblait que d'avoir réussi dans une entreprise à première vue impossible lui conférait une responsabilité particulière. Il se disait, nous irons à Col-de-Varèse. Bienvenu sera heureux de la connaître. Nous nous marierons. Rien ne peut plus nous séparer.

Il était dans cette disposition d'esprit lorsque la porte s'ouvrit sans qu'on eût frappé. C'était la maîtresse du lieu, partagée entre un reste de curiosité et le mécontentement de voir que l'affaire traînait.

— Vous êtes bien longs, les enfants!

— Quelle importance?

— Comment, quelle importance? C'est toi qui décides, à présent?

Elle se tourna vers Thélonia qui glissait des rouleaux de billets et quelques bagues dans une bourse.

— Mais qu'est-ce que tu fais, ma petite?

— Nous partons, dit-elle du bout des lèvres en glissant la bourse à sa ceinture.

— Pour aller où?

— À la montagne.

— C'est une plaisanterie!

Plaisanterie ou pas, Narcisse serrait Thélonia contre lui et la conduisait en douceur vers l'escalier. On ne saura jamais si la virago qui avait cru un instant faire barrage avec son corps s'écarta d'elle-même ou si le jeune homme, du bout des doigts de sa main libre, la repoussa contre le mur où sa tête blanche rejoignit un peu vite les nymphes du papier peint. Quoi qu'il en soit, elle poussa un cri de gorge qui pétrifia toutes les demoiselles du salon et leurs invités. Le pianiste lui-même s'interrompit au milieu d'un fox-trot qu'il venait de composer.

— Horace! Ne les laisse pas partir! Arrête-les! cria du premier étage la voix de jars de la patronne.

Le petit homme, qui n'avait pas le goût du sacrifice, eut la sagesse de se rappeler opportunément qu'il était un peu dur d'oreille comme beaucoup de musiciens en fin de carrière. Il se pencha sur le clavier et reprit son fox-trot avec plus d'entrain.

Fugue

Au moment où Narcisse et Thélonia quittaient précipitamment la maison close sans savoir ce qu'ils feraient dans l'heure suivante, le directeur du séminaire apprenait que son jeune protégé n'avait pas été aperçu à la bibliothèque de la ville depuis des semaines. Ce n'était que le début des révélations. Dans la soirée, on lui signala l'absence de Jean-Marie.

Le père Tellman était un homme sans détours, aussi sévère à l'égard des autres que de lui-même, par ailleurs bon théologien, quoique médiocre disputeur. La pensée qu'il avait été trompé par un enfant sur qui il avait fondé tant d'espérances l'amenait à douter de sa rigueur. Ébloui par les dons de l'élève, séduit par eux, n'avait-il pas fermé les yeux sur des faiblesses qu'il aurait dû voir et combattre? N'était-il pas le plus fautif? Le lendemain, après la messe, il réunit dans son bureau quelques professeurs, déjà au courant de la fugue. Tous se perdaient en conjectures.

— Il a menti délibérément, pendant des semaines, y compris à son confesseur, résuma le père Tellman. Il a pris en défaut notre vigilance et voici ce que j'ai trouvé dans sa cellule.

La feuille où Jean-Marie avait crayonné le visage de Thélonia sous divers angles circula de main en main. Elle finit sur les genoux du père Gabriel, le professeur de latin-grec, qui rougit jusqu'aux paupières à la vue des petits portraits.

— J'ai décidé de son renvoi, reprit le directeur en cherchant dans les yeux fixés sur lui un signe d'approbation. Et, bien évidemment, j'ai écrit au curé de Col-de-Varèse et à monsieur Jardre, le tuteur. Dans l'immédiat, un problème se pose à nous. Il est dix heures. Jean-Marie n'a pas été vu depuis hier midi. Devons-nous attendre qu'il revienne ou avertir immédiatement la police ?

Les avis furent partagés comme toujours. Le père Cheunard, le doyen de la réunion, parla des journaux anticléricaux qui ne manqueraient pas d'exploiter le scandale si l'affaire s'ébruitait. Le chanoine Tarde, qui avait un cousin commissaire, prétendait que les enquêteurs sauraient agir dans la discrétion. Finalement, ce fut le père Gabriel qui mit tout le monde d'accord : il proposa d'aller lui-même à la recherche du disparu et réclama un sursis de quarante-huit heures.

Voilà pourquoi, le même jour, et encore les deux suivants, le plus timoré des servants du Seigneur, revêtu d'habits civils, joua les limiers dans une ville qu'il connaissait mal. Les joues rouges de confusion, ce qui était un bon camouflage, il entrait dans les cafés des boulevards, prenait place dans un coin, derrière un journal, et, aussitôt que le garçon — s'il s'agissait d'une serveuse, l'affaire se compliquait — s'approchait pour prendre commande, il lui mettait sous le nez les portraits de Thélonia en murmurant de sa voix menue, de moins en moins interrogative au fil des heures, quelque chose comme :

— Elle vient ici quelquefois ?

Après examen du dessin, les serveurs répondaient que non et le détective déçu commandait un double marc. Il le buvait à petites gorgées, le front soucieux, en pensant à son père, le cantonnier, qui achetait sa fine dans des bonbonnes, aux bouilleurs de cru, pour ne pas payer la taxe sur les alcools. À onze ans, accroupi dans un corridor, terrifié, Gabriel avait entendu son géniteur, terrassé par une cirrhose, maudire le Diable et ses tours, tandis que sa mère dans une autre pièce de la maison brûlait les cierges qui restaient d'une précédente agonie. Cette scène avait été à l'origine de sa vocation. Dans les moments de désarroi, il fermait les yeux et se la remémorait.

L'opiniâtreté du père Gabriel fut récompensée. Après avoir poussé pour rien la porte de vingt-sept établissements, il obtint le nom de Thélonia et l'adresse de Chez Hortense où il se présenta autour de minuit, chancelant et déterminé. C'était l'heure où le portier refoulait les inconnus pour donner la priorité aux clients de marque. Le prêtre dut attendre dans la rue, au milieu des concupiscents, le moment d'entrer dans le lieu et d'apprendre de la maquerelle en personne que Thélonia était absente. Il en déduisit qu'elle s'était enfuie avec Jean-Marie et il décida de faire le tour des hôtels où le couple aurait pu trouver refuge.

CHAPITRE 10

Narcisse et Thélonia

L'amour de Narcisse et de Thélonia, pour ce que j'en sais — tant pis si je ressasse les mêmes mots comme une mer qui n'a pas le choix des galets sur lesquels elle vient mourir —, ce fut un amour délivré du soin de paraître et de toute draperie ou solennité, une ivresse, un emballement. Pourquoi, sous prétexte qu'elle aurait eu lieu avant la guerre, devrais-je évoquer cette rencontre par des mots couleur sépia ou par des images jaunies ? Il me faudrait, tout à l'inverse, une langue qui n'a pas été inventée, celle qui a toujours manqué à l'amour alors même qu'il nous la faisait espérer. Une langue pour le vertige, le délice, la suffocation et les larmes, qui garderait dans ses conjugaisons de temps perdus l'odeur des ardoises mouillées, proche de celle des cheveux ouverts sur les draps, le bruissement de la neige quand elle tombe, difficile à distinguer du dégrafement d'une robe, la splendeur des coupoles dans le brouillard comme une buée sur des seins, les coups de râpe de la bise quand elle défait les pâtures sous le ventre tiède des bêtes, et l'amertume des miels noirs.

Le cadre de cette passion, puisqu'il en faut un, je le vois au dernier étage d'un hôtel d'ultime catégorie où Thélonia s'était réfugiée par hasard, à son arrivée dans la ville. Elle avait alors dix-sept ans, un passé de petite fille punie, un visage de porcelaine et des illusions que les hommes se hâtèrent de dévaster. C'est donc par un mouvement de retour à des espérances perdues qu'elle conduit son amoureux dans un établissement à l'écart des réseaux de prostitution. La chambre est étroite, laide, sombre, déflorée par des restes de papier peint. Elle donne, au choix, sur une courette sordide ou sur un triangle de rivière dans le lointain. Qu'importe. Narcisse n'avait pas le temps de mettre le front au carreau. Couché sur le grand lit, près de Thélonia, ou sur elle dès que l'occasion s'y prêtait, il ne parvenait pas à se déprendre de son visage, de ses bras, de ses cuisses, de ses genoux, que la découverte incessante multipliait comme les membres de la déesse. Aussi inventait-il, à chaque instant, de nouvelles raisons de s'y reporter. Puis venait un temps de suspens, une halte, une pause dans le bonheur : quelques minutes de solitude où les chairs un temps démêlées se souvenaient encore, séparément, de leur double palpitation, et déjà, hors de tout vouloir, se remettaient en quête l'une de l'autre.

Elle, de son côté, la bien-aimée, que je me garderai bien de décrire, que pensait-elle de ce Narcisse qui l'enveloppait de ses mains, la dominait de ses épaules et de ses muscles, la dénudait, la détroussait, la dévorait, tout en la couvrant de noms de fleurs et d'animaux, mythologiques quelquefois ? Avec effroi, elle l'avait vu surgir dans son existence brumeuse, défonçant toutes les barrières, repoussant les objections, ne cédant à rien de sensé dès lors qu'il s'agissait de son désir. Et maintenant, dans la chambre éclairée par le faux jour de la fenêtre, elle avait du mal à fixer le trouble qu'elle éprouvait. C'était la première fois qu'elle abandonnait son visage sur une épaule, la première fois que son corps n'obéissait pas à des injonctions mais cédait à la panique de tout amour. Et tandis que Narcisse, épuisé par les sensations, s'endormait en posant la main sur elle comme le pirate jette son crochet sur le plan de l'île au trésor, elle admirait cet amoureux un peu encombrant qui l'innocentait.

Fierté donc. Orgueil et exaltation. Éblouissement. Euphorie. Et pourtant, sans raison aucune, à intervalles, Thélonia est au bord des larmes, elle doute de ce qui lui est donné, elle n'y croit pas, il y a une erreur. Peut-être est-elle en manque de morphine ou de laudanum ? Je croirais plutôt qu'elle a gardé, d'une enfance crucifiée par l'ivrognerie des adultes, le sentiment d'une souillure, d'une indignité personnelle, qui lui gâche le temps qui passe. Elle se dit qu'elle ne mérite pas cet amour, qu'il est trop tardif, qu'il s'agit d'une illusion, d'un atroce malentendu qui ne pourra pas bien finir.

La première nuit, la plus improbable, la plus rapide, celle qui courut sur un fil qui n'était suspendu à rien, elle évita de parler d'elle-même et se contenta de la langue monosyllabique des fiancés, composée de soupirs et d'exclamations défaillantes. Cela ne déplaisait pas à Narcisse qui, lui aussi, s'exprimait dans un idiome minimal, remplaçant les paroles par des baisers et renvoyant les explications sine die. Cependant le lendemain, autour de midi, quand les amants s'éveillèrent ensemble, les balbutiements ne suffirent plus. Elle, d'abord, comme par jeu, nomma les choses qu'elle aimait, qu'elle préférait. La soie. Le rubis. L'aigue-marine. Le marron. L'écureuil roux. Le mille-feuilles. L'orchidée. Toi. Charlot. Le bal musette. Narcisse, lui, usant du pluriel, prophétisa. Il disait, nous irons à Col-de-Varèse, nous ferons telle promenade, nous nous marierons, nous élèverons des chevaux, etc., jusqu'au moment où elle lui mettait la main sur la bouche, par superstition, disait-elle, car ce qu'on a souhaité trop violemment n'arrive pas. Il cédait devant l'argument de la main, qu'il mordillait, et ne se doutait pas, malgré sa finesse, que toute évocation de l'avenir réveillait les angoisses de Thélonia qui n'imaginait pas des lendemains plus heureux que l'instant présent.

La guinguette

Une pluie fine, disgracieuse, tomba tout l'après-midi. Aucun des deux n'y prêta attention jusqu'au moment où ils sortirent pour aller dîner. Thélonia, par la force des choses, portait la même tenue que chez Hortense : une courte robe à bretelles et des chaussures de satin rouge qui prenaient l'eau. Narcisse lui jeta son pardessus sur les épaules et la souleva dans ses bras pour l'aider à franchir les flaques. Ce faisant, ni l'un ni l'autre n'aperçut l'ombre qui les suivait à bonne distance. C'était le père Gabriel, enfin parvenu au bout de ses peines et qui servait à son insu de poisson pilote à quelqu'un de plus dangereux.

À trois cents mètres de l'hôtel, il y avait une sorte de guinguette, fréquentée par les mariniers, qui faisait table d'hôte tous les soirs. L'établissement était assez calme en semaine. Quelques joueurs de dominos. Deux ou trois pêcheurs. Un chien endormi. Pas de filles. La propriétaire du lieu, Madame Rose, conduisit « les amoureux » à une terrasse vitrée qui avançait sur la rivière. La pluie empêchait de voir le courant, mais on devinait que l'eau était forte quand le lumignon d'une péniche passait au loin, tremblotant, à peine visible.

— Personne ne me cherchera ici, dit Thélonia, soulagée de voir que cette partie de la salle était déserte.

— Tu penses encore à Madame Hortense! Elle a fait une croix sur ton départ.

— Elle, peut-être. Mais certainement pas Monsieur Albert à qui elle remet l'argent de la semaine tous les lundis.

Narcisse, qui n'avait rien mangé depuis trente-six heures, à part les croissants de l'hôtel, commanda le plat du jour et une carafe de vin. Thélonia regardait la table de loin, de très loin, comme d'une petite fenêtre où elle aurait été seule dans le froid depuis toujours : elle n'avait pas lâché son idée. Tout en trempant les lèvres dans la piquette, elle expliqua la protection dont jouissent les souteneurs qui renseignent la police. Elle énuméra les moyens dont ils disposent pour se faire craindre, à commencer par le laguiole et le vitriol, et soutint que Monsieur Albert, six mois plus tôt, avait défiguré une collègue plus âgée qu'elle.

— C'est du passé, ces histoires-là, Thélonia. Maintenant je suis avec toi, il ne peut plus rien t'arriver.

De nouveau elle se sentit rassurée et réconfortée. Les genoux de Narcisse touchaient les siens.

À tout moment, sans raison aucune, leurs doigts se frôlaient, leurs visages se rapprochaient. Elle riait des bêtises qu'il lui racontait à l'oreille ou quand il lui prenait la main sur la table et lui chatouillait le poignet du bout de l'index, juste comme ça. Elle prétendait que personne ne l'avait jamais caressée de cette façon ni n'avait fait attention à ce qu'elle aimait, parce que les hommes en général n'avaient rien à lui demander en dehors du plaisir. Et c'était sans doute vrai.

Au dessert, Narcisse, dont la tête tournait un peu, raconta la prédiction de la tsigane et se convainquit de nouveau qu'un destin hors du commun lui était réservé. Cette confidence faite, il commanda une bouteille de pinot et laissa le temps couler avec le vin noir. Thélonia, à court d'adjuvants, demanda des cigarettes fortes à Madame Rose et en fuma trois à la suite, le regard perdu dans les vitres de la terrasse où son image, sur le fond de la nuit noire, se reflétait.

Une défaite

Le lendemain, Narcisse fut réveillé par les grosses gouttes de pluie qui cinglaient le carreau unique de la fenêtre. Voyant que Thélonia n'ouvrait pas les yeux et semblait vouloir dormir encore longtemps, il s'habilla rapidement, but un café au bar de l'hôtel et se rendit à pied au séminaire. Je ne crois pas qu'il eût l'intention de s'expliquer ni de s'excuser, mais il pensait avec raison que les pères ne manqueraient pas d'alerter la police si sa fugue se prolongeait. Par ailleurs, il voulait leur annoncer qu'il abandonnait ses études.

L'entrevue de Jean-Marie et du père Tellman se déroula dans le parloir en présence du chanoine Tarde, du père Gabriel, fort enrhumé, et d'un autre professeur dont j'ignore l'identité. Elle fut longue et orageuse. Dès les premiers reproches qu'on lui fit, l'adolescent se rendit compte que sa conduite ne pourrait pas être comprise par des hommes qui ne couraient pas le risque d'y être entraînés. Aussi laissa-t-il passer les reproches sans se défendre. Sur un seul point, il se montra intransigeant : on ne pouvait pas l'accuser, disait-il, de trahir une vocation qu'il n'avait jamais ressentie. Pour les prêtres, qui avaient vu l'enfant grandir dans leurs murs, ce revirement était une défaite personnelle.

Quand tout fut dit des deux côtés, Jean-Marie rassembla quelques affaires dans sa cellule, pour l'essentiel les lettres de Bienvenu et des livres qu'il noua dans un foulard, cadeau d'Eliana. L'étoffe était encore imprégnée de son parfum, plus floral et moins entêtant que celui de Thélonia. Il le respira longuement, les yeux fermés.

Dehors, la pluie de novembre ne cessait pas. Elle n'était ni forte ni froide, mais elle tombait à présent en traits obliques, désagréables. Narcisse, qui n'avait pas de parapluie, regagna l'hôtel au pas de course. Quand il arriva dans la chambre, il fut surpris de voir que Thélonia était sortie, malgré l'averse. Il posa son paquet de livres et il repartit immédiatement.

Il fit le tour de tous les cafés du quartier, des pâtisseries, des fleuristes. Il passait plusieurs fois dans les mêmes rues et revenait à l'hôtel de temps à autre, pour le cas où. À midi, il imagina une fable à laquelle il s'accrocha avec désespoir. Thélonia aurait constaté, à son réveil, qu'elle avait perdu un pendentif la veille au soir et serait allée le chercher à la guinguette. La fable ne valait rien, il le savait, elle ne tenait pas le coup, mais elle lui évitait de penser qu'un homme en chapeau avait pu s'introduire dans l'hôtel et emmener de force Thélonia.

Il n'eut pas longtemps à marcher.

Bien avant d'arriver à la rivière, il aperçut un attroupement à travers le rideau de pluie. Sur la berge, un bateau à fond plat était tiré. Un autre tournait en rond dans le courant. Il se dit, ce sont des pêcheurs qui partent poser une senne. L'un est prêt, l'autre est en retard. Mais pourquoi ces spectateurs debout sous l'averse? Que regardent-ils? Que font-ils?

Le corps était couché sur l'herbe mouillée, à quelques pas de la rivière. On avait jeté dessus une bâche de canot qui laissait à découvert un pied chaussé d'un escarpin rouge. Il ne cria pas. Ne pleura pas. Ne fit pas un geste. Il ferma les yeux, sentit que ses mâchoires se serraient et que tout son visage était pris dans une cagoule de pierre. Il pensa, elle avait raison d'avoir peur. Par orgueil, je n'ai pas voulu l'écouter. Je suis un enfant. Je n'ai pas été capable de la protéger, de la sauver. Puis il entendit un homme qui répétait, elle est arrivée en criant, elle a couru sur le ponton derrière moi et elle a sauté tout de suite. Il s'agenouilla près du corps, souleva un coin de la bâche et comprit, en voyant le visage brûlé par l'acide, pourquoi, avant de se jeter à l'eau, Thélonia avait crié.

CHAPITRE 11

Adios muchachos

Après avoir déchiffré la lettre acerbe du père Tellman en suivant chaque ligne avec le pouce, Bienvenu fut saisi par une soudaine et irrépressible gaieté. Petit Jean allait revenir à Col-de-Varèse ! Dans une semaine au plus tard, il serait à la Maison haute !

Le fermier, la lettre à la main, sauta sur un pied, sur l'autre, se posta devant un miroir, ajusta son veston, changea l'inclinaison de son chapeau et partit annoncer la nouvelle à Eliana.

— Vous croyez qu'Armand accepterait de nous jouer quelque chose ?

— À l'accordéon ? Impossible !

— Si c'était vous qui le lui demandiez, mademoiselle ?

— Mais c'est à peine s'il sait ses gammes !

— Tout de même, depuis qu'il s'exerce, il doit bien connaître un morceau !

L'intendant refusa de sortir l'instrument de son étui mais il remonta la manivelle du gramophone pour faire entendre *Adios muchachos, compañero de mi vida*, chanté par Carlos Gardel. Je ne donne ces frivoles indications que

114

pour suggérer l'atmosphère de liesse, presque de folie, qui entoura le retour de l'enfant prodige ou prodigue, événement qui eut lieu le surlendemain et donna du grain à moudre à Col-de-Varèse.

Quand Jean Narcisse Éphraïm Marie Bénito (je crois nécessaire à présent de lui restituer tous ses prénoms) pénétra dans la grande salle de la maison, en passant par la terrasse comme il le faisait autrefois, l'émotion fut si forte pour Eliana qu'elle dut s'appuyer à l'épaule de Bienvenu. Éphraïm remarqua le geste et comprit qu'il devait ajouter à toutes ses fautes passées celle d'être resté longtemps sans revenir.

Coup de ciseau

Tout retour au pays natal est une violence qui s'exerce sur la mémoire. Reprendre sa place à nouveau dans la maison de son enfance, après quelques mois ou quelques années, c'est faire sauter d'un coup de ciseau sacrilège le vernis protecteur que l'éloignement a répandu sur notre passé. Alors nous retrouvons dans toute leur intensité, rafraîchies par notre souffrance, les impressions que nous avions laissées en l'état sans le savoir. Ces petites résurrections ne sont pas toujours des bienfaits. À l'instant où nous revoyons dans leur cadre toutes ces choses que la nostalgie avait figées, nous apprenons qu'elles ont subi les assauts du temps, qu'elles ont vieilli de leur côté, autrement que dans notre cœur, sans se préoccuper de nous.

Dès le premier soir de son arrivée, Éphraïm constate des changements qui remettent en cause la sérénité de ses souvenirs. Il y a les couloirs repeints, la cuisine remise à neuf, l'électricité qui chasse les ombres des murs, la disposition différente des meubles dans la grande salle à manger, l'habitude nouvelle aussi de prendre les repas sur une nappe, et quelques autres dérogations à l'ordre ancien, où il n'est pas difficile de découvrir la main inspirée d'Eliana. Le changement le plus troublant — une véritable révolution — concerne précisément la jeune femme, je n'ose plus dire servante, que Bienvenu invite à sa table à tous les repas. Pour la remplacer à la cuisine et au service, le fermier a engagé un vieux couple de saisonniers. Roberte Maturin, la chevrière des Corche, dite Bobette, fait briller comme une médaille la large plaque du fourneau et invente au cours de ses insomnies les recettes du lendemain tandis qu'Émilien, son mari, qui a vu les garçons de chez Maxim's, au cinéma, en 1912, boutonne un costume emprunté au régisseur avant d'apporter la soupe sur un plateau.

Désormais les dîners ont lieu dans la grande salle et le vieil Armand les anime par les récits lacunaires de ses voyages et l'exposé de ses grands projets. Depuis qu'il a vaincu la tuberculose, au grand dam des médecins pour qui cette victoire n'est qu'un répit, il ne se contente plus d'un téléphérique arrivant devant sa cabane, il réclame un funiculaire à vapeur qui partirait de la vallée pour aboutir au sommet du col du Cadran, des ponts suspendus où circuleraient des tramways éclairés la nuit, une plateforme réservée aux montgolfières, tout un réseau de routes et de tunnels qui permettrait aux citadins de découvrir Col-de-Varèse et aux Varésiens d'avoir des rentrées d'argent en hiver.

Éphraïm, le visage fermé, écoute à peine ces

divagations et se retire dans sa chambre aussitôt après le repas. S'il croise Bienvenu dans un couloir, il écourte la rencontre, ne sachant comment répondre au regard joyeux qui l'accueille. S'il lui arrive, le matin, dans la grande salle, de se trouver seul avec Eliana, c'est encore pire. Il lui tourne carrément le dos et prend la fuite.

Le fléau

Cette année-là, la neige est tombée en abondance sur la montagne. Pour fêter « l'enfant du pays », Armand organise une course de luges dans un pré qui appartient à Bienvenu. Le vainqueur recevra une paire de skis fabriqués par Cosimo, le charpentier, un colosse aux cheveux raides comme ses planches, la plus belle voix du pays. Tous les garçons et deux fillettes seulement — deux sœurs qu'on surnomme dès lors les garçonnes — se présentent pour concourir. Parmi les prétendants sérieux, le fils de Vlad le maquignon, un demi-frère d'Eliana, appelé Vlad Cassebois. À moins d'être sourd à ce qui se dit dans les fermes quand les animaux sont rentrés, personne ne s'aviserait d'humilier le jeune voyou qui ne se déplace jamais sans quatre ou cinq de ses partisans.

Au moment où la cloche sonne le rassemblement de la course, Éphraïm a disparu. Bienvenu, Eliana, Armand le cherchent dans la maison. Finalement le départ est donné sans lui et Vlad triomphe facilement. Après la course, Éphraïm réapparaît, le visage triste. Beaucoup s'étonnent qu'il n'ait pas voulu courir. Aurait-il eu peur d'affronter Cassebois ? Il ne donne pas d'explication.

L'après-midi, il se présente chez le vieux curé du village, pour le saluer. Il le trouve assis dans la salle à manger du presbytère, les mains sur les genoux, les yeux dans le vide. Derrière lui, près de la pendule qui penche, et dont le balancier reste immobile, les trente volumes que personne n'a plus ouverts depuis six ans sont rangés selon leur taille comme autrefois.

— C'est moi Jean-Marie, lance le jeune homme d'une voix forte, car la domestique en le recevant lui a appris que le vieillard est devenu sourd et presque aveugle.

Le curé lève un bras, très lentement, comme pour faire signe au visiteur de s'approcher. Éphraïm se jette à ses genoux.

— Je suis Jean-Marie. Petit Jean, si vous aimez mieux.

Le bras du vieil homme retombe sur l'épaule du garçon. Ses doigts qui n'ont pas plus de force que la patte d'un moineau lui caressent les cheveux. Rien n'indique qu'il a reconnu son élève. Non. Pas de doute. Celui qui a été autrefois l'instrument de la providence ou du hasard, comme on voudra, ne reconnaît pas son pupille.

— Vous m'avez appris à lire. Je suis allé au séminaire grâce à vous.

Éphraïm crie les cinq noms qu'il a reçus jadis du vieux prêtre. La main cesse de s'agiter dans les cheveux. On dirait que l'aveugle s'est endormi. Le fléau du temps, lui aussi, demeure inerte, quand il a fini de servir.

À *pleine bouche*

Les jours suivants, Éphraïm, sac au dos, parcourt à pied la montagne. On le voit faire le tour des fermes de Bienvenu, s'intéresser à la hauteur des cornes d'un taurillon, à la robe d'un poulain, au nouveau dispositif de fermeture des enclos ou à la qualité des fourrages. Un journalier, du nom de Rouvel, réputé pour son franc-parler, finit par lui demander d'un air finaud, en lissant sa moustache blanche en forme de fer à cheval, s'il n'aurait pas l'intention de remplacer le vieil Armand. Mais le « jeune maître », comme il l'appelle, s'éloigne sans répondre ni oui ni non.

Tout cela n'est que poudre aux yeux, bien entendu. L'essentiel pour Éphraïm est d'emprunter des chemins qu'il connaît depuis l'enfance, de retrouver ce qu'il a senti, ce qu'il a aimé autrefois, et de le mêler à son deuil : l'odeur de la neige quand elle s'ajoute à la neige déjà tombée ; le bruit du lait qui gicle dans le grand seau en creusant sa propre épaisseur ; l'âpreté du vent qui s'est aiguisé aux glaciers ; le haut des arbres dans le brouillard pareils à des rois entravés ; les brusques coulées de lumière derrière un col. Au cours de ces retrouvailles sauvages, il arrive au marcheur de trébucher sur une plaque ou de rouler dans un trou de neige frais qui le rappelle à lui-même. Il se relève, respire à pleine bouche l'air froid et repart vers la glace en attente dans les ruisseaux ou vers la pente qu'il dévalera, la tête en avant.

Certains matins, après avoir dormi près des bêtes dans une ferme et rêvé une fois encore de Thélonia — Thélonia était toujours vivante dans son sommeil — il mangeait un morceau de pain et partait vers les hautes pâtures blanchies par le gel, d'où il découvrait quelquefois, dans une trouée de la brume, une citadelle de feu à la dimension du soleil. Il pensait, voilà ce que j'aurais montré à Thélonia. Ce sentier, elle l'aurait pris avec moi. Cette lumière l'aurait éblouie. Nous serions passés devant ces rochers où se cache un couple d'hermines. C'est ici que nous aurions été heureux. Et la pensée qu'elle était morte sans avoir vu ce paysage qu'il aimait tant, sans avoir connu les senteurs de terre et de mousse dont s'imprégnaient ses vêtements, ravivait et renouvelait sa colère.

À d'autres moments, seul au milieu de la forêt où il avançait d'un pas moins vif, les images d'un bonheur encore récent lui revenaient avec une précision déchirante. Il avait cette capacité particulière (que je ne souhaite à personne) de se remémorer jusqu'à l'obsession la disposition physique des choses et les détails qui exaspèrent les sensations. Rien ne lui était plus facile que de se rappeler la vivacité de Thélonia se rhabillant devant le miroir, sa façon de passer un peigne dans ses cheveux, de remonter avec deux doigts la bretelle de sa tunique, de cacher sa peur en riant, d'être légère dans les bras, de dire : « Encore ! » ou « Laisse-moi ! » Mais chaque mot, chaque geste, chaque moment d'intimité que sa mémoire avait sauvé, le mettait à la torture.

Quand il avait marché sans interruption jusqu'au soir et qu'il était en vue de Col-de-Varèse, il se sentait soudain chassé par les montagnes qui s'assombrissaient derrière lui et se refermaient dans leur silence. Et il ne se tranquillisait qu'en reconnaissant la forme des toits et les lumières tremblotantes de plusieurs fermes. Alors sa douleur héritait de chagrins plus anciens et moins personnels. Elle se fondait dans une tristesse plus vaste qui englobait l'énigme de sa naissance, la mort de Lise, et de la compassion pour Bienvenu. S'élargissant à l'existence tout entière, elle s'émoussait peu à peu. Et c'était mieux ainsi.

Préparatifs

Ce fut le temps des frustrations, des paroles brèves, de la gêne réciproque, des regards à la dérobée, de l'attente. Bienvenu, pourtant expert en mélancolies, ne savait à quoi rattacher l'abattement de Petit Jean. Il supposa que le garçon regrettait son ancienne vie et qu'il manquait de distractions. Il s'ingénia à lui en fournir.

À la fin du mois de janvier, avec plus d'un an de retard, la salle des fêtes fut achevée. Pour son inauguration, à la Chandeleur, le vieux Jardre prévoyait un bal costumé, ce qui serait une première à Col-de-Varèse. Armand se chargea de recruter lui-même les bénévoles de la buvette et d'engager des musiciens. Il fit appel une fois de plus à son oncle (ou cousin germain) Tire-Loup. Bien que la personne soit morte depuis longtemps sans laisser de descendance, je ne donnerai pas son vrai nom, encore porté du côté de Bourg-Saint-Maurice. Qu'on sache seulement que ce Tire-Loup, un sexagénaire de belle allure mais de commerce déplaisant, se flattait d'avoir suivi jusqu'au Bosphore un garçon à la voix de fille et de l'avoir châtré en un tournemain, par pur amour. (Tout ceci dans une jeunesse lointaine et légendaire.) Après dix ans de forteresse, dont onze mois passés à genoux dans un cachot sans feu ni lumière, s'étant évadé au cours d'une émeute de nuit, sans rien emporter qu'une chevalière de cuivre et le tournesol qu'un compagnon lui avait tatoué sur le ventre, il était revenu au pays et avait acquis un chalet sur la partie orientale des Adrets, qu'on appelle la grande Corne, à quelques enjambées de lièvre de la frontière. De quoi vivait ce Tire-Loup? Officiellement, des bals de village ou des noces qu'il animait avec son accordéon noir et rouge. En réalité, si j'en crois les mauvaises langues, de la collecte des trésoreries de bergers, ce que les Américains, plus avancés en civilisation, nomment racket; mais aussi du trafic de la porcelaine de luxe qui fait la richesse des vallées de l'autre versant et exige des mains d'accoucheuse pour le transport. Il comptait également dans ses revenus les petites confiscations, surtout de coutellerie et de montres, que lui laissait à prix d'ami un jeune douanier à moustache.

Depuis son évasion, Tire-Loup s'était donné pour principe de ne s'occuper que de son négoce, de ses amours, de son cœur épuisé par la détention, de la musique et de ses genoux qui doublaient de volume par temps de pluie. Il faisait une exception à cette règle d'égoïsme philosophique en faveur de son neveu à qui il ne disait pas dix phrases dans l'année mais qu'il considérait comme son héritier spirituel, sinon comme un fils.

Ce fut donc par l'entremise de Tire-Loup que Bienvenu fit venir d'Italie des étoffes de contrebande, du papier crépon, des rubans, des masques, des fanfreluches, toute une camelote assez précaire, mais point défraîchie, qu'il distribua dans le village avec sa générosité coutumière. Pendant trois semaines, la Maison haute se donna des airs d'atelier. Bienvenu hésitait entre la toge d'Hannibal et les chausses de d'Artagnan. Armand penchait pour une tenue d'amiral. De sa cuisine, Bobette, à qui l'idée n'était jamais venue, en soixante ans, de se déguiser, entendait la machine à coudre ronfler sous les pieds de la jeune Eliana qui se confectionnait une robe de Cendrillon.

Ainsi va la vie qui réclame de la patience et des doigts de fée pour faire illusion. À plusieurs reprises, Éphraïm, revenant de ses marches dans la montagne, les cheveux blancs de neige et la peau rougie, eut devant lui la silhouette d'Eliana qui essayait sa robe de bal en virevoltant, la bouche pleine d'épingles. Il avait beau passer très vite chaque fois, difficile de se soustraire à la vision, plus difficile encore de l'oublier. Et, un soir, au moment de s'esquiver :

— Vous auriez une minute, Jean ?

Eliana s'était empressée, pour lui parler, de cracher les épingles dans sa menotte. Comme toujours, elle l'avait appelé par son premier prénom, ce qui le ramenait loin en arrière.

— Bien sûr ! dit Éphraïm sans la regarder.

— Je me sens un peu ridicule dans cette robe. Qu'en pensez-vous ? Bienvenu dit qu'elle me va, mais il est si indulgent. Et je ne crois pas qu'Armand soit aussi bon juge que vous.

Il y avait dans cette louange quelque chose de troublant comme une insinuation. Eliana avait-elle percé le secret de son chagrin ? Suggérait-elle qu'il avait eu le loisir de former son goût auprès d'une femme ?

— Cette robe vous va très bien, bredouilla-t-il en espérant que ces mots le libéreraient de toute question subsidiaire.

— Vous dites ça pour vous débarrasser d'une corvée, ce n'est pas gentil.

Bon. Pas de dérobade. Puisqu'on lui demandait son avis, il le donnerait. Il se tourna vers Eliana avec l'intention de l'examiner froidement des pieds à la tête comme il avait vu faire la

Russe quand elle posait un habit sur un mannequin et qu'elle prenait du recul pour avoir l'impression d'ensemble. Mais il n'était pas capable d'un détachement professionnel, de sorte que ses regards démentirent la froideur dont ils auraient dû être la preuve.

— Vous ne dites rien... C'est si désastreux?

— Au contraire...

— Vous ne semblez pas enthousiaste...

— Mais si... Je vous assure...

Il fut le premier à se rendre compte que sa voix était devenue petite soudain, qu'elle était affectée d'un léger tremblement correspondant à une minuscule indécision, une fissure dans sa volonté par où risquaient de s'engouffrer à tout moment le désir, la douleur, la honte de soi, la pelote indistincte des sentiments qu'il devait tenir à distance pour ne pas perdre la face.

— Vous êtes triste, dit Eliana. Et je me demande pourquoi. Je comprends que vous cachiez les raisons de votre chagrin à votre père. Mais à moi, vous pouvez tout dire.

Il fut surpris de la douceur presque plaintive de sa voix, qui rendait à l'avance plus délicat le refus d'accéder à sa requête. Mais s'il gardait pour lui son deuil et n'avait parlé à personne de Thélonia, ce n'était pas de la pudeur, juste une simple précaution. N'ayant pas renoncé à la vengeance, il avait besoin du secret.

— Je ne me livre pas facilement, dit-il en plissant les yeux comme il avait souvent vu faire Bienvenu quand il était en difficulté. D'ailleurs, dans le cas présent, ce serait bien inutile.

— Et pourquoi donc?

— Parce que vous avez tout deviné.

— Deviné quoi?

— Que je ne suis plus un enfant.

— Oh! Vous me croyez plus forte que je ne suis.

Il avait lancé la balle dans l'autre camp pour se tirer d'un mauvais pas et il fut surpris de voir que ce coup de bluff renversait la situation. Maintenant, c'était au tour de la subtile, de la pénétrante Eliana de se rétracter et de fuir. Elle recula vivement à travers la pièce et se remit à planter des épingles dans le satin pour rétrécir l'éventail des fronces autour de sa taille déjà serrée. De loin, il assistait à ce travail silencieux et ne savait plus s'il devait quitter la pièce ou non. Cependant il ne bougeait pas.

— Est-ce que vous pourriez m'aider ou n'êtes-vous bon qu'à traduire du latin ?

Parce qu'il ne cédait jamais aux provocations, il traversa la pièce à grands pas, se posta devant Eliana et lui demanda en souriant quel service elle attendait d'un séminariste renvoyé pour manquement grave à la discipline.

— Le miroir est trop haut pour moi. Vous voulez bien le retirer du mur et le tenir ?

— De cette façon ?

— Non, s'il vous plaît, un peu plus bas ! Vous êtes si grand ! Voilà, c'est parfait !

Avec une cruauté que je ne saurais approuver et dont elle s'excusa par la suite, elle n'eut aucun scrupule à changer le malheureux en valet de pied sans lui laisser le temps de sécher ses boucles et de retirer son manteau qui dégoulinait sur le sol. Portant la glace ovale à bout de bras, il assista bon gré mal gré aux étapes de l'essayage qu'il imagina plus qu'il ne les vit. De temps à autre, un demi-sourire ou une moue débordait du cadre et lui parvenait directement, avec les effluves d'un parfum, moins puissant que celui de Thélonia, mais plus insidieux.

— Que préférez-vous? La taille plus haute ou plus basse?

— Plus haute.

— Comme cela?

— Oui.

— Et les rubans de ce côté?

— C'est beaucoup mieux.

Soudain, pendant qu'elle se penchait sur les épingles et que ses cheveux retombaient le long de ses joues, il remarqua que sa nuque dégagée était humide de sueur et que son cou, mince et blanc, portait une petite marque rose, « la patte de la cigogne ». Il posa la glace par terre, le cœur serré par une pitié toute nouvelle.

— Vous en avez peut-être assez? dit Eliana en levant les yeux sur lui.

— Oh! non! répondit-il, un peu trop vite.

— Qu'avez-vous alors? Vous êtes pâle!

— Je vous demande d'oublier ce que j'ai dit. Pour ma part, je n'ai pas l'intention d'y revenir.

Elle se rendit compte au ton de la voix qu'elle avait été à deux doigts d'obtenir un aveu dont elle ignorait l'essentiel. Mais le moment était passé. Aussi fut-elle inflexible.

— Vous pouvez tenir la glace un peu plus haut, s'il vous plaît? Plus que l'autre côté à reprendre et j'ai fini. Vous n'avez pas mal aux bras?

— Prenez votre temps, Eliana.

Le bal

Grâce au régisseur qui se surpassa, le bal eut lieu à la date et à l'heure prévues. S'il fut ou non un succès, ce n'est pas à moi de le dire. Aujourd'hui, plus d'un demi-siècle s'est écoulé depuis cette fête dans la montagne. Les couples qui dansèrent sur des rengaines démodées se sont séparés depuis longtemps, quelquefois sans un mot d'adieu. Il y a eu la guerre, puis l'essor des années soixante. Le vieux village a fait place aux grands immeubles de la station. Un matin, dans le temps d'un verre pris au comptoir, la salle des fêtes a été rasée. Quoi de plus irritant pour un homme attaché à la vérité (comme je le suis) que de ne pouvoir vérifier sur le terrain ce qu'il raconte et d'en être réduit aux conjectures !

Dès la tombée de la nuit, on vit surgir de chaque maison du village, par groupes de deux ou de trois, toutes sortes de dignitaires portant des masques, des cimiers, des crosses de bois, des cuirasses, de longues capes bariolées, des tiares et des flambeaux. Aucun Arlequin parmi eux, ni Pantalon, ni Polichinelle bossu, ni ramoneur. Pourquoi descendrait-on dans la hiérarchie quand on peut s'élever jusqu'aux rois et aux empereurs ? Comme il avait gelé tout le jour, ces majestés se donnaient des tapes sur la poitrine pour se réchauffer et marchaient à grandes foulées vers le lieu de la réunion en jurant comme des charretiers, ce qu'elles étaient pour la plupart en temps ordinaire. Quelques rabat-joie qui suivaient les cortèges de leurs fenêtres prédirent que la salle des fêtes s'écroulerait sous la ruée des travestis. Néanmoins, vu que l'heure tournait et que le pire n'est pas sûr, ces prophètes de malheur s'empressèrent d'enfiler leurs canadiennes et de rattraper au pas de course l'événement.

En moins d'une demi-heure, la salle fut comble et l'on dut par précaution arrêter les poêles qui donnaient des vapeurs aux marquises et promettaient des coups de sang aux généraux. Sous le commandement d'un amiral à longue-vue, un groupe de conquistadors empanachés s'empara d'Hannibal le Carthaginois, le hissa sur un couvercle de lessiveuse et l'obligea à tenir le discours d'inauguration que tous attendaient et que personne ne comprit. Ce fut un grand moment d'éloquence municipale. Le vieux guerrier, qui portait un péplum rouge et la couronne de laurier, prit la voix hésitante de Bienvenu pour déclarer que ce bal marquait le début d'un « air » de réconciliation (« une ère », souffla la Cendrillon du premier rang), et que « l'électricité concourant au progrès général (et vice versa), Col-de-Varèse espérait accueillir un jour un "téléféerique" dont les wagonnets apporteraient par la voie des airs les éléphants qui lui faisaient cruellement défaut ». Fin de citation. Applaudissements et hourras.

Le discours s'acheva sur cette vision glorieuse. Le couvercle redescendit. Hannibal, en touchant le sol, donna le signal du festin et tout rentra dans le désordre. La foule masquée s'élança vers les larges tables du buffet qui occupaient toute la longueur d'un mur aveugle, face à l'estrade des musiciens, et qui croulaient sous les viandes et les gâteaux. Épaulettes contre épaulettes, et diadèmes de pacotille contre bicornes de carton, ce fut la ruée, la cohue, l'assaut, le piétinement des traînes de soie, une mêlée de queues-de-pie, de plastrons et de caracos, un charivari de pourpoints et de brandebourgs. Le vin coula à flots dans les trous des masques. Le trois-six ralluma les énergies. Négligeant le protocole, des prélats aux mains énormes, gantées de dentelle, saisissaient des charcuteries par-dessus les décolletés et se retiraient pour aller au calme leur faire un sort. Personne n'était surpris de voir des babas au rhum disparaître sous des mantilles ni des sultanes en babouches et casaquins mordiller des harengs saurs sans ôter leur loup de velours.

Spontanément, les premiers couples de danseurs se formèrent, hors de toute affinité historique. La Pompadour se compromit avec Charlemagne, Clovis s'empara de Madame de Maintenon et Cléopâtre accorda des privautés au pape Pie XI. Est-il besoin de dire que Cendrillon, qui soulevait à pleines mains ses crinolines pour traverser la piste à petits pas, sur des escarpins effilés, fut très demandée? Elle accepta bien des invitations, en refusa deux fois autant et brisa plus d'un jeune cœur en dansant tous les slows ou presque avec ce lunatique aux cheveux blancs qui portait la toge virile et offrait le bal au village.

L'orchestre reprit *Nuit de Chine,* enchaîna sur une série de fox-trot et des chansons de Ray Ventura, mais obtint son plus vif succès avec *La Cumparsita* et *Jalousie* où Tire-Loup, les yeux fermés, le visage creusé de tics, pressait et redéployait sur sa bedaine l'accordéon pour lui arracher dans un dernier souffle tout ce qui lui était resté sur le cœur. Quand on revint aux boléros, une oreille très exercée aurait pu entendre peut-être, au milieu des colloques sentimentaux, ce singulier bouche à oreille :

— Cela ne vous étonne pas, Eliana, qu'Éphraïm ne soit pas encore arrivé?

— Le bal dure toute la nuit!

— Tout de même, je suis inquiet.

— Puisqu'il vous a promis de venir.

— Je vais aller voir ce qu'il fait.

Bienvenu mit plusieurs minutes pour traverser une foule de mousquetaires qui rongeaient leur frein près de la piste. Dans le hall, quand il eut troqué ses sandales contre des chaussures montantes, une vieille reine espagnole, vêtue de satin moutarde et safran, qui avait la gouaille et la dégaine de Bobette, lui retrouva sa pelisse sous les manteaux et lui tendit un chapeau melon cabossé. Il la remercia d'un baisemain et partit en direction de la Maison haute.

La lune, cette nuit-là, s'était levée derrière l'église, elle n'était donc pas visible sur le chemin, mais sa clarté froide et étale, comme gazeuse, se déversait du ciel sans nuages sur les toits couverts de neige. L'air glacé brûlait la gorge et le sol craquait sous les semelles. De loin, tout en chancelant, car il était ivre deux fois — du vin bu et de la beauté d'Eliana — le fermier vit que la chambre de Petit Jean était éclairée. Il pressa le pas.

La grande porte de la maison n'était pas fermée à clé. Bienvenu entra dans le vestibule, tourna le commutateur, puis tapa des pieds pour ôter la glace de ses chaussures et faire savoir qu'il était là. Il prit encore le temps d'allumer un cigarillo avant de monter à l'étage.

Éphraïm était assis au bord de son lit, le visage mouillé de larmes. Le fêtard, dans l'ouverture de la porte, ne savait que faire à présent. Avec son chapeau sur la nuque, sa pelisse bleu-noir qui dissimulait un grotesque déguisement, et son cigare tiède entre deux doigts, il se sentait indigne et stupide. Monstrueux même. Un idiot qui ne comprenait rien à rien.

— Cela fait des semaines... commença-t-il d'une voix mal assurée.

Il n'osa pas finir sa phrase et dire « que je te

vois triste sans en comprendre la raison », mais il eut la certitude que Petit Jean l'avait complétée de lui-même. Il le regarda s'essuyer les yeux avec le revers de la main et il attendit.

— Vous êtes fâché contre moi, dit Éphraïm en se redressant.

— Fâché ? Et pourquoi donc ?

— Je me suis mal comporté depuis mon retour.

— Absolument pas.

— Je veux toujours garder pour moi ce que je sens. Maintenant je me le reproche.

— Au début, j'ai cru que tu avais du chagrin d'être renvoyé.

— Je n'y pense même plus...

Bienvenu, la main au chapeau, la démarche un peu zigzagante, traversa la chambre à son pas pour aller vers la fenêtre. Il se disait, quel dommage que cette conversation vienne si tard, nous aurions pu gagner du temps...

— Après la mort de Rosalie, j'ai été comme toi. Cela ne vaut rien.

— Je vous raconterai un jour. Mais pas maintenant. Pas si tôt.

— Comme tu veux.

Il écarta le rideau de la main qui ne tenait pas le cigare. Loin dans la nuit, il pouvait voir la salle des fêtes illuminée et, plus loin encore, beaucoup plus haut, le contour brillant des montagnes dont la masse sombre et confuse, qui dominait les toits du village, ramenait à une échelle dérisoire les plaisirs et les ambitions. La vue lui rappelait tous les soirs où il avait fermé lui-même la fenêtre avant de vérifier que Petit Jean était bien sur le point de s'endormir. Pendant des années, ces petits gestes avant le sommeil avaient constitué un rituel indéfectible et

attendu. Maintenant, ce bonheur passé lui semblait plus lointain que la traversée des Alpes par
Hannibal.

— C'était pour toi, le bal masqué, murmura-
t-il en s'écartant de la fenêtre et en reprenant sa
navigation dans la chambre encombrée de souvenirs.

Et, comme il n'osait pas avouer ce qu'il attendait de la fête, la fin du malentendu entre
l'enfant trouvé et lui, il ajouta à la manière d'un
joueur qui jette une carte truquée en sachant
qu'il ne fera pas illusion :

— Eliana regrette beaucoup ton absence.
Elle a si peu d'occasions de se distraire !

— Mais je vous ai promis de venir ! protesta
Éphraïm. Je m'habille et je vous rejoins.

Bienvenu retourna à la salle des fêtes, le cœur
plus léger. Il jeta sa pelisse sur une chaise, remit
ses sandales, lampa une bolée de fine et profita
de ce que l'orchestre jouait une sorte de fan-
dango pour inviter la reine espagnole à célébrer
entre ses bras son couronnement de carton. Ce
sont des gestes comme celui-là qui fondent les
fidélités, les légendes. Bobette, ivre de
reconnaissance, concentrait sa volonté pour
tenir le rythme et soulever en cloche sur ses
mollets le satin voyant qui légitimait sa royauté.

— Ce que vous dansez bien, alors, monsieur
Jardre ! Où que vous avez appris ?

— Dans une première vie, Bobinette... Dans
une première vie...

Il avait de la difficulté à parler et disait
n'importe quoi, cherchant du regard Eliana qui
tournait dans les bras d'un Napoléon alangui.
Au hochement de tête qu'il lui adressa, la jeune
femme sut qu'il avait rempli sa mission. Le
grand amiral reçut lui aussi le message, par-

dessus l'épaule d'un jeune enseigne. Il fit un signe à Tire-Loup qui attaqua *La Paloma*.

Allez, la musique ! Rumbas, marches, javas, one-step, valses lentes, chahuts, cotillon. Toutes les heures, on apportait des boissons glacées aux musiciens qui se relayaient sans interruption et jouaient à la demande les airs en vogue. Bienvenu, qui avait perdu beaucoup de sa dignité à l'ancienne, ne quittait plus Eliana et semblait aux anges. Pour exposer plus commodément son projet de téléphérique, Armand avait attiré le jeune enseigne dans un coin sombre et négligé, derrière une table. Et la fête, sans eux, continua avec des danseurs qui riaient si fort en serrant leurs partenaires que l'élastique de leur barbe se détendait et qu'on avait le temps de reconnaître sous les apparences d'un tzar les traits d'un vacher ou d'un forgeron. À présent, le buffet était déserté, mais on servait des alcools à la buvette où Cassebois et ses amis, qui faisaient le service d'ordre, expulsaient les querelleurs sans tenir compte de leur rang ni de leur immunité. Cependant, vers trois heures du matin, quand la Mort fit son apparition au milieu du carnaval, les voyous reconvertis s'écartèrent pour lui faire la haie d'honneur et ils lui laissèrent son arme, ce qui était contraire au règlement de la soirée. Oui ! Au cœur de la nuit, elle pointa sa tête d'os, la hideuse, la décharnée, la gardienne des ossuaires, vêtue d'un linceul de toile grège, à capuchon. Elle se présenta à la porte du hangar, impérieuse, mince, haute d'épaules. Sans dire un mot, elle commença de faire le vide autour d'elle dans le cercle exact de sa faux. À voir la lame qui glissait à ras du parquet sans à-coups ni ondulations, chacun sut que la Mort était du pays, parce qu'on tient l'outil à Col-de-Varèse d'une autre façon que dans le Queyras ou au Piémont.

La musique s'arrêta. Les marquises se pâmèrent dans leurs bustiers. Les Capitans et les Monseigneurs au courage blême reculèrent vers le buffet. Hannibal s'immobilisa, la main droite autour de la taille de Cendrillon. Seul Tire-Loup, qui en avait vu d'autres, et des pires, cria par-dessus son accordéon qu'elle n'était pas la bienvenue, la camarde, et qu'elle devait s'en retourner au plus vite chez les fantômes sous peine d'être — excusez-moi — « déculottée devant la population ».

Il en fallait sans doute plus pour impressionner la Faucheuse qui s'avançait sur la piste dégagée et amorçait au ralenti avec sa lame un mouvement de tourbillon, ample et sacré comme un tournoiement de derviche. Personne ne sut combien dura cette rafle silencieuse, car chacun la suivait du regard sans intervenir, et le temps ne passait plus. Puis la Mort cessa de faire la toupie, releva sa faux et entama une danse lente et sinistre, quoique souple et déliée comme une arabesque. Alors, des loups noirs décidèrent de rompre l'enchantement et se mirent à la queue leu leu derrière la Mort. Les Têtes couronnées, ne voulant pas faire tapisserie ou passer pour des mauviettes, fermèrent le train. Bientôt une cinquantaine de masques, conduits par l'apparition, serpentèrent à travers la salle, transformant la danse de mort en farandole de vivants.

Tire-Loup, pour ne pas perdre la face, devait agir. Ou il répétait sa menace et se préparait à un affrontement direct avec le masque, ou il

134

recourait à son art pour sortir de ce mauvais pas. Il hésitait, car les deux personnalités qui luttaient en lui avaient chacune des arguments. Comme il était dans cet état d'incertitude où l'air déplacé par un clignement de paupière suffit à faire pencher le plateau de la décision, la Mort, toujours en tête de son cortège, arriva devant l'estrade. Le contrebandier jugea qu'il avait affaire à forte partie. Ce n'était pas pour l'effrayer. Il avait son couteau sur lui et, dans un combat déloyal comme il les aimait, il ne se souvenait pas d'avoir jamais eu le dessous.

La Mort regardait le bon à rien en se balançant d'un pied sur l'autre. Impassible sous son capuchon, ou riant peut-être in petto, de son rire vide et muet, elle leva lentement sa main gantée et souleva son masque d'os avec le pouce. Au comble du saisissement, Tire-Loup rejeta la tête en arrière.

— Comment pouvais-je savoir... ? dit-il dans un souffle.

Magnanime, la Mort accepta l'excuse publique et s'éloigna avec les siens. Tire-Loup remonta les bretelles de l'instrument et attaqua une ritournelle lente, magique, insupportablement obsédante, qu'il avait composée dans son cachot, au temps de sa détention à genoux, et qu'il n'avait jamais jouée en public.

— Vous étiez dans le secret, vous, Eliana ! dit Bienvenu en s'épongeant le front dans un pan de sa toge.

— Il m'avait fait jurer de ne rien dire.

— Quand je pense qu'il avait peur de toucher la dépouille du loup, et que maintenant... Vous le croirez ou non, mais j'ai frissonné quand j'ai vu la faux qui avançait au milieu de nous.

On peut dire sans mentir — avec juste ce qu'il faut d'exagération — que rien ne fut tout à fait pareil à Col-de-Varèse après le bal. Si l'on tire une juste fierté d'un pain bien cuit, de l'inclinaison parfaite d'un toit, d'une récolte rentrée à temps ou de la résistance au froid des tarentaises, pourquoi ne pas s'enorgueillir d'un moment passé ensemble ? Dans tous les clans, on chantait les louanges de monsieur Jardre qu'on n'appelait plus « ce vieux fou » comme une semaine plus tôt, et l'on reconnaissait à son intendant un sens de l'organisation digne de causes plus ambitieuses. Du coup, on commençait à prendre au sérieux son projet de téléphérique. On avait déjà l'électricité, la poste, la radio, l'autocar qui passait matin et soir. Pourquoi s'arrêter en chemin ? Le nouveau maire, qui avait dénigré le bal avant d'y paraître tardivement, vêtu en préfet, pensa relever son prestige en mettant la question du transport aérien à l'ordre du jour du conseil municipal.

Ce qu'on appellerait aujourd'hui, en style de journaliste, « l'effet carnaval » se fit sentir aussi à la Maison haute. Désormais, Éphraïm et Bienvenu se parlaient souvent, même s'ils évitaient le sujet qui leur tenait le plus à cœur. L'après-midi, le garçon vérifiait le livre de comptes et s'occupait du courrier administratif. Le soir, sur les indications d'Armand, il crayonnait des modèles de wagonnets, inspirés de Léonard. La tâche lui plaisait, il avait toujours aimé le dessin. Eliana lisait *Le Tour du monde en quatre-vingts jours*. Bobette piquait les ourlets d'une jupe à la machine. Émilien et Bienvenu jouaient aux dames.

— Votre oncle va bien ? demandait le fermier au régisseur.

— Oui, à part ses douleurs aux genoux, répondait Armand. Vous savez qu'il abandonne la contrebande ?

— Je l'ignorais. Pourquoi l'abandonne-t-il ?

— Il ne veut plus aller en Italie. Il dit qu'on arrête des gens en pleine rue.

— On ne vous met pas en prison pour rien ! coupait Bobette qui aimait les Italiens autant qu'elle détestait Tire-Loup. Celui qui ne fait pas de mal n'a jamais d'ennuis, n'est-ce pas, monsieur Jardre ?

— Je ne sais pas.

— Ce sont surtout les israélites qui sont visés, reprenait Armand. Ils n'ont plus le droit d'enseigner ou d'être avocat.

Éphraïm ne participait pas à ces conversations, il ne lisait pas les journaux, ne connaissait pas l'Italie, ne mettait aucun visage derrière des mots comme communiste, fasciste, mussolinien. Par moments, il levait la tête de ses esquisses et dévisageait Eliana à la dérobée. Et il se demandait chaque fois si la lectrice de Jules Verne se rappelait aussi fréquemment que lui le jour où il avait porté la glace ovale à bout de bras.

Tous les lundis, si le temps le permettait, Éphraïm et Bienvenu prenaient le car et passaient la journée à la ferme des Jaulliat, où le nouveau métayer expérimentait un élevage de visons. Vers la fin de l'après-midi, le chauffeur klaxonnait devant la cour et les voyageurs s'en revenaient. À l'aller, le garçon prétextait quelque scène entrevue par la fenêtre pour parler de lui. Au retour, c'était le vieil homme qui lui montrait le petit bois où il allait attendre sa fiancée.

Par la vertu de ces confidences alternées, Éphraïm cessa de monter la garde autour de son deuil. Il ne fuyait plus les questions et les devançait quelquefois. Ainsi arriva-t-il qu'un lundi soir, après le repas, seul avec son tuteur devant le feu qui brûlait dans la grande salle, il évoqua spontanément l'apparition de Thélonia sous les ormeaux, la promesse qu'il s'était faite de la revoir et la scène de l'enlèvement au bordel que Bienvenu écouta en souriant.

— Mais après, quand vous vous êtes retrouvés dehors ?

— Eh bien ?

— Qu'avez-vous fait ? Vous êtes allés à l'hôtel ?

— Oui.

— Pourquoi n'êtes-vous pas venus ici tout de suite ?

— Elle ne voulait pas.

D'une voix soudain différente, Éphraïm rapporta la fin de l'histoire et tous les détails que nous connaissons. Plus tard, dans la soirée, il alla dans sa chambre et revint avec un objet plié dans un foulard de soie à motifs russes. C'était un masque en plâtre de Thélonia qu'il avait confectionné de mémoire avec l'aide de madame Balinova, le jour des obsèques. Bienvenu se pencha sur le visage et ne fit aucune remarque. Minuit arriva. Puis une heure. Deux heures. Trois heures et demie. Éphraïm regardait tour à tour le feu et le masque posé sur le manteau de la cheminée. Par moments, le fermier rassemblait les braises, remontait une bûche qui s'écroulait.

Au printemps, Grigori adressa une longue lettre à son « cher Narcisse ». « Serions-nous déjà oubliés, demandait-il, ou êtes-vous retenu dans les pâtures par quelque Circé des cimes dont les charmes n'agissent pas sur nous autres, pourceaux des plaines ? En tout cas, vos oreilles doivent siffler : il ne se passe pas de jour sans qu'on déplore votre absence ni qu'on prie devant l'icône pour votre retour. » La lettre continuait sur ce ton badin et fantasque. Néanmoins, le jeune Russe, à demi-mot, laissait entendre que son mal s'était aggravé et que le voyage à New York était remis à plus tard. Les dernières lignes évoquaient un jeu de fléchettes que Chaliapine lui avait adressé d'Amérique pour son vingt et unième anniversaire. « Jusqu'à présent, tous mes lancers sont restés vains, je n'ai pas touché une seule fois le cœur de la cible, mais sait-on jamais ? Je ne désespère pas d'y parvenir avant que ne s'ouvre pour moi le hublot de la vie future. »

Depuis longtemps, Éphraïm désirait revoir la tombe de Thélonia. La lettre lui donnait un prétexte pour quitter Col-de-Varèse. Il annonça son départ à Bienvenu. Le lendemain, grâce au nouveau service d'autocar, il sonnait chez ses amis russes, à l'heure du thé. Sonia Balinova lui redonna sa chambre sur le jardin, qu'il partagea avec des mannequins d'osier, revêtus de caftans cosaques. Grigori lui montra une cible accrochée dans le salon, entre deux miroirs. De la taille d'une bouée, elle représentait l'île de Manhattan et la célèbre statue de Bartholdi, dédiée à la liberté.

— Toute la jourrnée, il joue aux Indiens,

s'affligea la costumière. Comme s'il n'y avait rrien de plus imporrtant !

— Je ne joue pas : je m'exerce, protesta Grigori en lançant une fléchette qui tomba devant son fauteuil.

En un instant, Éphraïm retrouva le petit théâtre exalté que la mère et le fils instauraient entre eux spontanément. Sa joie — de courte durée — fut celle que nous ressentons quand nous découvrons intacte, sous de la paille, une porcelaine rare que nous avions crue en morceaux. Il y avait donc encore sur la terre des êtres assez insouciants pour se fâcher à propos de la position d'un bouton sur une jaquette ou de la longueur d'un revers, alors que les dettes s'accumulaient, que les commandes des metteurs en scène se faisaient plus rares, qu'un climat de suspicion à l'égard des étrangers se développait sur le continent et que les progrès de la maladie de Grigori serraient le cœur.

Le jour même où, par suite de sa négligence, Sonia apprenait qu'on allait lui couper l'eau, elle renvoyait les postiers venus lui installer le téléphone, parce qu'ils avaient apporté un combiné noir, au lieu du blanc qu'elle avait commandé. Elle eut gain de cause, cette fois-là, et offrit le champagne aux employés quand ils revinrent. Dès lors, l'appareil sonna jour et nuit, car tous les Russes de la diaspora semblaient s'être procuré son numéro. Un soir, c'était Rachmaninov qui l'appelait de Los Angeles pour l'inviter à une première. Le lendemain, la princesse T*, une amie d'enfance, profitait de son séjour à Calcutta pour lui confier ses migraines. Au milieu de la nuit, un descendant du comte Tolstoï lui annonçait la naissance d'un fils en parfaite santé, un fourreur de

Copenhague lui signalait un arrivage de zibelines, Irène Nemirovsky la remerciait d'un envoi de fruits confits.

On ne saura jamais — car je me refuse à l'écrire — si, entre les sonneries de téléphone, les insomnies et les créations, Sonia Balinova eut le temps de succéder à Thélonia dans les bras musclés de Narcisse ou si son hôte manqua de galanterie au point de repousser la tentation quand elle frappa à la porte. Je m'en tiendrai aux faits. Éphraïm avait prévu de passer deux nuits chez ses amis russes : il y resta plusieurs semaines, parce que le hasard — toujours lui — s'amusa à mettre inopinément face à face l'amoureux de Thélonia, qui revenait du cimetière, et Monsieur Albert qui rentrait chez lui, le chapeau un peu de travers. Oh ! Ce ne fut pas une rencontre protocolaire, et le journal du lendemain n'y consacra pas une ligne. À dire vrai, le proxénète ne se rendit compte de rien. Comme souvent, lorsqu'il sortait de Chez Hortense avec la recette de la semaine dans son portefeuille en cuir rouge, l'animation sur les boulevards et les liqueurs qu'il avait bues stimulaient son esprit d'initiative. Il se demandait si le moment n'était pas venu pour lui d'étendre son entreprise à une ville plus importante, Grenoble ou Lyon. Souriant à cette pensée, il ne prêta guère attention au jeune homme qui se retournait sur son passage et renonçait à sa promenade pour le suivre.

La filature ne fut pas longue. Le truand descendit le boulevard sans regarder derrière lui, et il disparut dans l'entrée d'un bel immeuble. Un peu plus tard, des fenêtres s'éclairèrent au troisième étage. Éphraïm estima qu'il en savait assez et rentra chez ses amis.

Le lendemain, il passa plusieurs heures avec Grigori à boire du thé, à imaginer les autres mondes et à lancer des fléchettes sur Manhattan. Dans la soirée, il sortit le masque de Thélonia de sa valise et lui fixa un élastique avec la complicité de Sonia. Puis il remit l'objet dans le foulard, glissa le tout dans un petit sac et partit chez le souteneur.

Il commença par se tromper d'immeuble et se fit remarquer par un concierge. Enfin, il repéra l'appartement découvert la veille. Il délaissa l'ascenseur, monta l'escalier lentement pour se donner le temps de réfléchir et de se calmer. Troisième étage. Porte du milieu. Un nom gravé dans le cuivre. Albert C. Ratavin, expert. Coup de sonnette ferme et bref. Quinze secondes. Bruit de pas sur un tapis.

— Qui est là? demanda une voix méfiante à travers le judas.

— Télégramme.

— Glissez-le sous la porte.

— Il faut signer.

Long silence. Les pas feutrés s'éloignèrent. Éphraïm donna vingt secondes à l'expert pour glisser un pistolet dans sa ceinture et revenir. Il compta mentalement. Dix-neuf, vingt, vingt et un... Le verrou fut débloqué, la clé tourna dans la serrure, la porte s'entrebâilla. Monsieur Albert eut le temps de chuchoter : « Parlez moins fort, ma mère... » et il tomba à la renverse en croyant qu'il avait été heurté par un train. Ou décapité. Ce n'était pas le train. Ce n'était pas non plus la guillotine. C'était la porte, ouverte un peu vite, qu'il avait reçue en plein front.

Éphraïm se rua dans l'appartement, saisit l'homme par le col, le désarma et le traîna vers le salon. Savait-il exactement ce qu'il voulait faire ? Oui, il avait un plan. Mais les événements ne suivent pas les prévisions parce qu'ils naissent les uns des autres et que les derniers d'une série sont déterminés par des causes qui n'existaient pas au commencement de la chaîne.

D'abord, le jeune Éphraïm n'avait pas imaginé qu'une vieille dame dormirait dans un fauteuil, au milieu du salon. Elle portait une robe de chambre marron par-dessus d'autres lainages. Ses pieds reposaient sur une chaufferette. Son corps menu, sa petite face plissée ne pouvaient en rien évoquer la robuste et sereine Lise au visage de pleine lune. Néanmoins, sous les bosselures de ses paupières, ses yeux remuaient comme remuaient autrefois les yeux de la cuisinière quand elle s'endormait l'après-midi près du fourneau et qu'elle rêvait.

Il régnait dans la pièce une chaleur douce, paisible. Près d'une fenêtre aux rideaux blancs, une perruche somnolait sur un perchoir. Un demi-tronc d'arbre brûlait dans la cheminée. Narcisse s'était juré de retrouver le responsable de la mort de Thélonia et de lui demander des comptes. Maintenant qu'il lui avait parlé, qu'il l'avait touché de ses mains, il regrettait d'être venu.

— Ils finissent toujours mal, ceux qui entrent chez moi sans y être invités, nasilla Monsieur Albert qui reprenait ses esprits et tentait de stopper avec un doigt le sang qui coulait en abondance de sa narine.

Éphraïm sortit le masque du sac, le posa sur son visage et noua l'élastique derrière la nuque. Désormais, il était l'émissaire, le représentant de Thélonia et il agirait au nom de la morte.

— Votre mère est-elle au courant de ce que vous faites ? demanda-t-il d'une voix blanche, en montrant la vieille dame.

— Ah ! je sais qui tu es ! C'est toi qui nous as enlevé cette fille dont j'ai oublié le nom.

Éphraïm était venu pour humilier le proxénète, le mettre à genoux, l'obliger à présenter des excuses devant le masque. Il comprenait tardivement que sa mise en scène était stupide et que tout dialogue serait de trop comme cette rencontre était de trop. On n'échange pas des arguments avec un bourreau.

Monsieur Albert, assis sur le canapé, penchait la tête en arrière pour arrêter l'hémorragie. Il ricanait et proférait d'obscures menaces. Le jeune homme, à bout de patience, découvrait avec dégoût qu'il ne maîtrisait pas la situation et qu'il avait tout à perdre à la prolonger. Il saisit le pique-feu et frappa le ricaneur à la tempe, une seule fois, sans appuyer le coup.

La vieille dame grogna et s'agita. Mais elle n'ouvrit pas les yeux. La perruche se réveilla et resta dans l'expectative, l'œil effaré. Éphraïm retira le masque et l'ajusta sur le visage du truand, il resserra l'élastique sous les cheveux et caressa le plâtre du bout des doigts, en signe d'adieu. Puis il tira le corps évanoui vers la cheminée et le poussa dans les braises, masque en avant.

ÉPILOGUE PROVISOIRE

Monsieur Albert C. Ratavin ne mourut pas. Brûlé à l'oreille et au cou, il perdit un œil mais refusa de porter plainte en disant que la justice des hommes n'avait pas à s'occuper de ses affaires. En attendant l'heure de sa vengeance, il reprit ses activités et les étendit à d'autres villes. Éphraïm demeura plusieurs mois chez ses amis russes. Il servit de garde-malade à Grigori et dessina quelques costumes d'opéras que Sonia jugea dignes d'être signés de son propre nom.

À Col-de-Varèse, Armand continuait de défier les médecins et jouait de l'accordéon tous les soirs. Eliana et Bobette complotaient pour l'organisation d'un autre bal. Le vieux Jardre dormait mal et fumait beaucoup. Une nuit, il rêva qu'il s'était égaré dans la montagne sous une pluie froide qui l'aveuglait. Soudain, devant lui, surgit la barrière de la ferme de Vlad le tricheur. Il abaissa le contrepoids et s'avança dans sa carriole, entre les ornières gelées d'une grande cour, à la recherche du maquignon. Il l'aperçut au fond d'une écurie vide, assis sur un tabouret, à côté de la vieille Lise silencieuse. À leurs pieds, des têtes de mort dans un baquet et de longues faux à demi sorties d'une caisse.

— C'est maintenant que tu arrives, quand il n'y a plus de cartes dans ton jeu!

— Comment « plus de cartes dans mon jeu »?

— Pourquoi n'as-tu pas épousé ma fille Eliana que j'avais placée chez toi?

— Mais je suis à temps de le faire, dit le fermier.

— Trop tard! Lise et moi venons de fixer le jour de ta mort. Choisis la faux que tu préfères. Je l'aiguiserai sur la meule...

À son réveil, Bienvenu passa une chemise blanche et un costume rayé, presque neuf. Il mit son chapeau gris perle qui lui donnait l'allure d'un vieux gandin et il alla frapper à la chambre d'Eliana. Il en ressortit peu avant midi au côté de la jeune femme, rassembla son monde sur la terrasse et annonça son prochain mariage avec la personne présente, laquelle confirma l'information par un battement de paupières. La noce eut lieu en juillet 1936, devant cent cinquante personnes. À cette occasion le jeune Éphraïm récita des vers de Catulle, improvisa quelques couplets et dansa tard dans la nuit avec la mariée sur des airs de Tire-Loup, tandis que le vieux Jardre, entre deux coupes de champagne, murmurait à l'oreille de Bobette : « Si vous aviez vu cet enfant! Si vous l'aviez vu quand on l'a trouvé dans la neige! »

CHAPITRE 12

Jeux d'enfants

En juin 1937, Éphraïm fut affecté au 15e bataillon de chasseurs alpins pour la durée du service militaire. À son arrivée aux casernes de Barcelonnette, après une visite médicale et une dictée, on lui donna son paquetage qui contenait un sac à dos, deux musettes, une trousse pour les chaussures, une chemise, deux paires de molletières déguenillées, deux cravates, un treillis de toile, une vieille tenue, une tenue neuve. Les jours suivants, sa garde-robe s'augmenta d'une pèlerine et d'un béret démesuré que tous les chasseurs, des deuxième classe au commandant, appelaient « la tarte ». Grâce aux leçons de madame Balinova, il fut capable de coudre sur sa vareuse l'insigne du bataillon, un triangle avec un cor de chasse et le chiffre 15 à l'intérieur.

Il passa l'été à défiler au pas cadencé sur le goudron et à effectuer des marches de plusieurs jours dans la montagne. Beaucoup d'exercices ressemblaient à des jeux d'enfants : marcher en file indienne, se plaquer au sol, ramper sur les genoux et sur les coudes, progresser par bonds d'abri en abri, d'arbre en arbre, de trou en trou. La dureté des entraînements, leur répétition monotone ne suscitaient aucune révolte chez lui. Comme au temps de son séjour au séminaire, la discipline destinée à le brimer renforçait sa détermination et sa solitude. Il ne souffrait ni des levers matinaux ni des ordres contradictoires, et supportait avec un fatalisme de paysan la médiocrité de la nourriture à base de féculents, de viande en conserve et de biscuits.

En semaine, les corvées et les revues lui laissaient peu de temps pour réfléchir. Mais le dimanche, il écoutait la TSF et il achetait les journaux. Au café de l'Univers, où les soldats avaient des réductions, pendant que ses compagnons jouaient aux cartes en buvant de la bière fraîche, il lisait les reportages d'Albert Londres, les romans de Malraux ou de Stefan Zweig que le libraire lui avait conseillés. Et il se posait des questions. Franco, Hitler, Salazar, Mussolini, les bolcheviks... Pourquoi les dictatures gagnaient-elles du terrain si facilement? Allait-on vers une autre guerre? Armand avait vu juste, pensait-il, la vitesse allait tout changer. Le crime aussi bénéficierait des méthodes de production accélérée. Néron et Caligula étaient des apprentis. Napoléon lui-même n'avait pas traversé l'Europe plus vite que les hordes d'Attila. Et ses canons ne valaient rien. Mais les nouveaux tyrans disposeraient d'engins rapides, tandis que la propagande présenterait chaque extension de la terreur comme un bienfait. Dès lors, il n'y aurait d'abri nulle part, comme le bombardement de Guernica l'avait prouvé.

Pour le futur caporal Bénito, cette période d'interrogations coïncidait avec l'apprentissage des armes. Maniement du fusil Lebel et des armes automatiques. Position du tireur debout. Position du tireur couché. Tir individuel sur cible. Évaluation des résultats. Retrouvant ses réflexes de bon élève, il voulait être le premier à détecter ses propres défauts, apprenait à grouper le tir et supportait mal de ne pas être le meilleur.

À vol d'aigle, la distance entre Barcelonnette et Col-de-Varèse n'était pas grande. Mais, chaque semaine, quand le soldat Jean Bénito décachetait la mince enveloppe de papier beige qui portait son nom écrit par le régisseur, il était ramené vers un monde presque irréel, presque légendaire, un monde sans alignement, sans prouesse ni matricule; un monde où le bruit des pas dans un couloir, le regard d'Eliana, les silences de Bienvenu valaient tous les commandements.

La première neige tomba dès novembre, toute une nuit. Au réveil, découvrant les pentes blanchies, il se rappela les matins d'hiver dans sa chambre aux rideaux blancs, la formule rituelle de Bienvenu : « Il faut te lever, Petit Jean, l'heure tourne! », la vue qu'il avait sur la longue ligne des crêtes — quelle surprise chaque fois —, le bruit de feutre des flocons qui tourbillonnaient sur la terrasse et son premier bonhomme de neige coiffé d'un chapeau melon. Ah! misère et magnificence de la mémoire qui mêle larmes et diamants dans ses coffres à double fond! À l'improviste, un rat d'hôtel glisse une lame sous le couvercle et contemple le trésor épars dans la cendre avant de se faire pincer les doigts. Penché sur l'eau froide du lavabo, Éphraïm se laissait envahir par des impressions qu'il avait crues perdues à jamais, tandis que quelqu'un derrière lui, d'une voix rogue, lui demandait de se laver plus vite, qu'on avait besoin de la place.

Il eut une nouvelle joie le jour où l'on distribua les skis à la compagnie, car il fut le seul à rivaliser de vitesse avec l'adjudant instructeur sur une piste balisée par des sapins.

— Où avez-vous appris le christiania ? lui demanda le sous-officier à la fin de l'entraînement.

— Là-bas, dit-il en montrant les montagnes, du côté de l'Italie.

— Cet hiver, quand nous partirons en manœuvres, c'est vous qui porterez le fusil-mitrailleur.

Depuis que la neige avait fait son apparition, Bénito considérait comme perdus les jours où il devait rester cantonné à la caserne au lieu de partir vers les hauteurs, raquettes au pied, sur des sentiers à peine tracés par les passages précédents. Il aimait les longues sorties matinales par des froids de loup, quand il emportait avec lui tout l'équipement, cartouchières, bidon, musette, sac et fusil, et que le vent brûlait les joues comme un rasoir, que les yeux pleuraient, que les doigts s'engourdissaient dans les gants de cuir, qu'il ne sentait plus ses chevilles enveloppées de bandes norvégiennes. Alors, il mettait un point d'honneur à marcher à la tête de la section et à choisir l'itinéraire le plus sûr, qui n'était pas toujours le plus rapide. Parfois, ses compagnons le lui reprochaient, mais il n'en tenait aucun compte. Car il connaissait la montagne, il savait ce qu'il voulait, il se sentait plein de forces et son cœur était intact.

Photos perdues

Dans le temps où le jeune Éphraïm se mettait au garde-à-vous à tout bout de champ, saluait, claquait des talons, répondait du matin au soir : « Oui, sergent! Oui, mon adjudant! Non, mon lieutenant! », Bienvenu, qui venait de fêter son soixantième anniversaire, redécouvrait toutes les saisons de l'amour. D'abord il avait connu la plus inespérée des lunes de miel et l'avait prolongée, de manière déraisonnable, au-delà du délai prescrit par les manuels. Aux nuits de printemps sans sommeil, avait succédé un été bref et prometteur. Eliana, jusque-là fuyante comme un animal des sous-bois, resplendissait dans des robes à manches courtes, sous des chapeaux de paille blonde qui déversaient une ombre oblique devant ses yeux. À tout moment, on pouvait la voir marcher à côté de son mari dont elle tenait le bras ou la taille, elle lui soufflait à l'oreille de petits mots qui le faisaient rire aux éclats, elle triomphait.

À table, si le couple était séparé, on assistait à des scènes de comédie. Le vieux fermier levait-il le nez de l'assiette, c'était l'instant où Eliana jugeait bon de faire de même. À croire que ces deux-là avaient dans la tête un coucou qui sonnait en même temps. La vieille Bobette, qui avait l'œil à tout malgré un début de cataracte, haussait les épaules devant ce manège de tourtereaux.

Cet été-là, Armand sortit de ses coffres un Kodak à soufflet de format 6 × 9 dont il ne s'était plus servi depuis l'époque de ses amours au Venezuela. Vers la fin de l'après-midi, quand la lumière s'adoucissait, il posait l'appareil sur un trépied, l'installait dans un angle de la ter-

rasse et plongeait sous le voile noir pour immor-
taliser, disait-il, des instants qui, sans cela,
seraient perdus. Je donnerais cher aujourd'hui
pour découvrir dans une brocante quelques-uns
des neuf cents clichés pris par le photographe
amateur avec la nouvelle madame Jardre
comme modèle. Je crains que ces images n'aient
brûlé dans l'incendie de la Maison haute et que
la beauté un peu floue qu'elles détenaient ne
s'en soit allée en fumée avec le reste. Je crois
savoir qu'il y eut les séances japonaises, kimo-
nos, ombrelles, éventails, maquillage blanc ; les
folies gitanes ou andalouses, avec caracos et
mantilles ; des scènes en costumes de matelot,
de sibylle, de pâtre, d'aviateur ; des hommages
particuliers à certaines vedettes du cinéma,
Marlène ou Louise Brooks ; et quelques *Déjeu-
ners sur l'herbe* où la nudité d'Eliana ne parut
pas moins menacée par les grillons et les saute-
relles que par son compagnon en canotier.

Je suppose que l'été prit fin sur un de ces
tableaux ensoleillés. Brusquement le vent se
leva, le ciel se couvrit de nuages gris, une bourrasque renversa le haut trépied, l'appareil fut
rendu inutilisable. Armand replia le soufflet
détérioré. Eliana eut des frissons. Bienvenu lui
jeta un châle sur les épaules et l'entraîna dans le
salon où Émilien venait d'allumer un grand feu.
Adieu la photographie, adieu l'été.

> *Au panthéon du vieil Armand,*
> *il faudra mettre (notamment)*
> *les étoiles du firmament*
> *et le jour qui meurt*
> *et demeure.*
>
> *Vous vous souviendrez, dites-moi,*
> *de cela qui fut votre émoi ?*

Vous l'aviez juré dans le mois
où l'été se meurt
et demeure !

Sic transit gloria mundi.
Ainsi passent les paradis,
avec tout ce qui n'est pas dit,
avec ce qui meurt
ou demeure.

Du jour au lendemain, Bienvenu entra sans bruit, comme sur la pointe des pieds, dans l'automne de son amour. Il rangea les photographies un peu floues, cadrées de travers, sous les feuilles de cellophane d'un album à fermoir de cuivre doré et prit son parti des soleils voilés ou absents, des vents froids, de la rouille dans les forêts et des rousses mélancolies.

En octobre, Eliana Jardre dut se rendre au chevet de son père, Vlad le tricheur. Bienvenu, retenu officiellement par une attaque de goutte — en fait par l'inexorable neurasthénie —, laissa partir sa femme à regret. Une semaine s'écoula. Puis encore une autre. Et une autre. Des bruits couraient dans le village à propos du fils Mazio, le motocycliste, qui avait disparu lui aussi. Mensonge naturellement. Plaisir de nuire. Calomnies. Le vieux fermier sur sa terrasse, les yeux mi-clos, la bouche pleine de fumée, faisait penser à un lourd billot de bois sec, fêlé, ridé, fendu, résistant aux intempéries. Tous les deux jours, Armand lui posait un télégramme sur les genoux. « Pas d'amélioration en vue. Prolonge séjour. Baisers. Eliana. »

La voyageuse revint pour les chrysanthèmes, un 3 novembre à six heures du soir, par un temps à ne pas mettre un freux dehors. Bienvenu la vit retirer son béret de laine blanc. Elle secoua les manches de sa jaquette et le bas de sa robe alourdie par l'eau des chemins, puis lui adressa un sourire de fin d'orage, un sourire mystérieux qui l'exonérait des explications et qui était vraiment pour lui seul. Il la serra sur sa poitrine longuement, silencieusement, l'embrassa dans le cou et dans les cheveux, sentit ses seins chauds contre lui. Et il se laissa prendre une fois de plus à cette façon qu'elle avait de jongler avec des charbons ardents pour lui faire oublier le froid qui arrivait et la pluie qui cognait aux carreaux.

Car c'était l'automne, n'est-ce pas? la saison des incertitudes, des flaques, des soleils cachés par la brume, des après-midi languissants. Les feuilles s'en vont, les fruits qu'on n'a pas cueillis pourrissent sur l'arbre. La nuit, Bienvenu qui ne dormait pas entendait les pommes du vieux pommier tomber sous la fenêtre avec un bruit mou qui évoquait le pas des fantômes. Et les mots qui n'ont pas été prononcés, les entendait-il? Les mots que Lise avait emportés avec elle, et les mots que lui-même n'avait pas su dire à l'enfant et ceux qui lui brûlaient les lèvres chaque fois qu'Eliana dormait près de lui?

Au milieu des conversations ou dans des moments plus intimes, des pensées sans rapport avec le présent lui traversaient l'esprit tout à coup; il les accueillait généreusement comme si elles avaient été des oiseaux chassés par l'hiver et qu'il eût assez de graines pour chacun. L'inconvénient était que ces pensées au plumage noir avaient tendance à chasser les autres et à occuper tout l'esprit.

Un soir, il était assis sur le lit, en pyjama, le dos appuyé au montant de bois plein dont le vernis s'écaillait précisément à cet endroit, il

154

tenait un cigarillo mais ne l'avait pas allumé, et il regardait Eliana qui retirait une à une les épingles de ses cheveux devant la coiffeuse. Soudain un de ces oiseaux effrontés dont j'ai parlé se posa sur la langue du vieux fou. Il hésita avant de lui donner le droit de pépier. Mais puisque son cœur était pur !

— Ce n'est pas moi que tu aurais dû choisir.

— Que veux-tu dire ?

— Tu aurais dû épouser Éphraïm !

Eliana se leva d'un bond et courut s'enfermer dans le cabinet de toilette. Bienvenu marmonnait, voilà que je l'ai fâchée à présent ! Quel imbécile je fais ! Comment ai-je pu dire une telle idiotie ? Il alluma le cigarillo, éteignit la lampe et traça des arabesques dans la nuit avec la pointe qui rougeoyait. Bon exercice pour les nerfs. Mais quel moyen y a-t-il d'arrêter les pensées qui viennent de loin ? Celle qu'il venait d'exprimer le poursuivait depuis des mois.

Eliana rouvrit la porte de la chambre discrètement et vint se coucher dans le noir sans dire un mot. Bienvenu sentit la chaleur du corps près de lui et il respira l'odeur des cheveux qui changeait tout. Il se disait, si je n'avais pas été aussi stupide ce soir, j'aurais avancé les mains doucement et les aurais remplies avec les deux seins d'Eliana. Ou bien c'est elle qui, de son propre mouvement, se serait rapprochée de moi. Et nous nous serions embrassés. Mais ce bonheur était exclu.

— Je devrais me taire quand je suis soûl, bredouilla-t-il en guise d'excuse.

— Je ne t'ai pas vu boire ce soir.

— Cela fait longtemps que j'abuse d'un vin qu'on ne peut pas mettre en tonneau.

En entendant ces mots étranges, la jeune

femme oublia qu'elle était fâchée. Elle se souleva doucement pour observer son compagnon à la lueur du cigare. Mais il avait cessé de fumer et son visage était dans l'ombre. Alors elle éclaira la petite lampe au-dessus du lit et se retourna. Le regard de Bienvenu, tourné vers elle, exprimait un tel désarroi que toute sa colère se brisa en éclats de rire.

Ainsi passent les jours, les nuits et les souvenirs. Croyez-moi. La roue du temps ne peut pas tourner à l'envers même si le cœur voudrait revenir à l'instant où le temps ne comptait pas. Le matin, en ouvrant les yeux, le vieux Jardre décelait une odeur humide d'écorces, de moisissure, de plantes mortes, de mousse. Il lui semblait que cette odeur venait de lui, qu'elle imprégnait son existence comme quand on a laissé pourrir une fleur dans les poches d'un vêtement. Eliana ne sentait rien, mais elle accusait les averses sur les fougères et la pousse des champignons. Cependant l'odeur s'en alla, avec les premières chutes de neige. Presque aussitôt, les pensées noires de novembre s'envolèrent vers d'autres cieux. Devant la blancheur des montagnes, Bienvenu reprit goût à l'ivresse de l'inaction dont les nuances sont infinies. Il avait toujours aimé les fins de journée solitaires, le dernier rayon qui s'attarde sur une cime quand la nuit bouche la vallée. Maintenant il regardait les couchers de soleil comme des naufrages.

Il avait pour Eliana le même désir, avec les nuances que le temps apporte à l'amour. Il avait aussi des délicatesses de cœur qu'elle appréciait. Mais il se taisait longuement, et de plus en plus. Dans les courtes journées d'hiver, ses silences prolongés ouvraient une calme verrière où son cœur engourdi se réchauffait aux mêmes images. Et c'était toujours vers l'enfant qu'il revenait par la rêverie, et toujours il revoyait les mêmes scènes, et toujours il se rappelait avec quelle joie il avait veillé sur le sommeil et sur le destin du garçon.

Correspondance

Puis il y eut cette journée d'avril 1939, où il sentit pour la première fois la vieillesse le pénétrer, non comme un hiver aux neiges lentes, qui paralyse les désirs, mais comme un printemps dévasté, une absence de renouveau. Ce jour-là, le dégel brisait des paquets de lumière sur un versant de la montagne et l'élégante madame Jardre avait pris l'autocar du samedi pour faire des emplettes dans les magasins de la ville. Bienvenu ne quitta pas la chambre de la matinée, si bien que la vieille Bobette vint lui demander plusieurs fois s'il avait besoin de ses services. Vers midi Armand apporta une lettre d'Éphraïm. Il y était question de manœuvres à grande échelle, de positions occupées par l'ennemi qu'il fallait reprendre, de groupes de combat composés de douze hommes et commandés par un gradé. Le soldat expliquait qu'il avait été désigné comme tireur. À ce titre il était chargé du fusil-mitrailleur, quelle responsabilité ! Devant lui, six voltigeurs observaient le terrain et choisissaient l'emplacement le plus favorable. Cinq pourvoyeurs transportaient les munitions.

Pendant qu'Armand, ses lunettes de presbyte sur le nez, lisait la lettre lentement, avec la patience d'un maître d'école dictant un problème à des cancres, Bienvenu s'effrayait de perdre des mots. Surtout, il ne parvenait pas à se représenter Petit Jean en uniforme, au milieu de ses camarades, progressant par bonds, comme il l'écrivait, le long d'une haie ou rampant près d'un pont entre des congères de neige. Il lui semblait qu'une étendue de glace infranchissable le séparait du garçon devenu adulte et que chaque nouvelle et vaine journée ne ferait qu'élargir cette banquise.

Après un repas frugal avec Armand, il prit son fusil à deux coups, y glissa deux grosses cartouches et partit à travers les bois. C'était un bel après-midi, les bruits portaient loin. Armand, qui suivit le fermier sans se montrer, entendit deux détonations. Il se précipita vers le vieux Jardre, qui était hors de lui, et il le ramena à la maison. On sut plus tard que l'intendant avait eu la sagesse de remplir à blanc les cartouches.

Pendant que ces événements se déroulaient à Col-de-Varèse, le caporal-chef Bénito (qui faisait fonction de sergent) participait aux grandes manœuvres de printemps. Et il en était fort heureux. Il faut dire que l'année 38, celle des accords de Munich, s'était mal achevée pour lui. Chute sur une piste verglacée à deux semaines de Noël. Clavicule cassée. Renoncement à la permission de fin d'année. Moral au plus bas. C'est pourquoi, il considérait comme une bénédiction la reprise des entraînements et les longues marches à skis ou à raquettes qui l'épuisaient physiquement et l'étourdissaient...

À son retour à la caserne, après une semaine de plein vent, il reçut une lettre de Sonia Balinova. Dans le français impétueux et désordonné qui était le sien, l'artiste évoquait Tchekhov, Chaliapine, les romans d'Irène Nemirovsky, les concerts de Rachmaninov à New York, et une tornade imprévue qui avait brisé la véranda de sa maison, détériorant huit mannequins. En post-scriptum, sur le même papier parfumé, elle indiquait que son fils s'était éteint dans son fauteuil, le premier jour du printemps, « au soir d'une journée douce et heureuse, comme il y en avait souvent chez nous, à Saint-Pétersbourg, au commencement de l'été. Par ailleurs, tu dois savoir, mon cher Narcisse, que j'ai respecté la volonté de Grigori en glissant quelques fléchettes dans son cercueil ».

Éphraïm déchira la lettre en morceaux plus petits que l'ongle du pouce. Puis il regretta son geste et recolla les confettis. Puis il les éparpilla de nouveau. Et il les brûla. Puis il dessina de mémoire le visage de son ami et il l'adressa à la Russe sans lui donner d'explication.

La nuit suivante, il rêva que Bienvenu avait quitté Col-de-Varèse pour lui rendre visite à Barcelonnette et qu'il s'égarait dans la neige. Le vieux Jardre ne s'en inquiétait nullement ; cigare aux lèvres, il soulevait la barrière d'une ferme et s'avançait à pied, tranquillement, entre les ornières gelées d'une grande cour. Monsieur Albert l'attendait à la porte des écuries, assis sur un seau renversé, un turban de soie cramoisie autour de la tête.

— Ah ! Vous voilà, père d'un criminel !

— Tout va s'arranger, disait le fermier avec bonhomie. Vous connaissez mal Petit Jean. Regardez le cadeau qu'il vous apporte !

Avec l'aisance que le rêve donne à l'enchaînement de ses prodiges, Bienvenu retira d'une mangeoire un masque taillé dans la glace. Il le tendit au souteneur qui l'ajusta sur son visage en écartant le turban rouge :

— J'ai les yeux brûlés ! criait-il. J'ai les yeux brûlés !

De nouveau le rêve imposait sa logique et ses brusques substitutions. À présent c'était Grigori qui portait le masque de glace. Tout en dévalant une pente sur son fauteuil, il se plaignait de n'y voir que du feu et réclamait des fléchettes de meilleure qualité...

Éphraïm se réveilla.

La vie civile

Il fut rendu à la vie civile, le 2 juin 1939, une semaine plus tôt que la date qu'il avait indiquée à Bienvenu. Il remit son paquetage sans enthousiasme ni regret, rangea ses affaires dans un sac de toile bleue, distribua ses livres, serra quelques mains et partit. À la différence de ses camarades qui vidèrent des canettes dès le matin, il se contenta d'offrir sa tournée au café de l'Univers et alla prendre le car sur la place de la mairie.

Rien ne le pressait, à vrai dire. On ne l'attendait pas à Col-de-Varèse avant huit jours. Cela lui donnait le temps d'aller fleurir la tombe de Thélonia comme il s'était promis de le faire. Par ailleurs, il tenait à revoir Sonia Balinova et à connaître les circonstances de la fin de Grigori.

L'autocar le laissa près de l'avenue où il avait vu Thélonia, la première fois. À l'époque, les ormeaux perdaient leurs feuilles jaunes dans l'allée. Maintenant leur frondaison formait un tunnel de fraîcheur dont profitaient les amoureux. Éphraïm rejoignit un boulevard qu'il avait souvent arpenté. C'était le milieu de l'après-midi, il faisait chaud et il avait soif. Mais, après ses deux années de solitude sous l'uniforme, il n'osait pas s'asseoir à la terrasse des cafés au milieu de la foule irréelle et extravagante. Les jeunes femmes en robes claires, les jeunes gens avec leurs costumes de lin, leurs cheveux collés par la brillantine et leurs moustaches bien épointées, semblaient des pantins habillés par la costumière russe pour quelque pièce de Guitry dont les quotidiens du jour faisaient l'annonce. Même les mangeuses de glaces roses, les buveurs de panachés, les fumeurs de cigarettes, les vendeurs de loterie, les rougeauds, les parieurs, les couples d'un jour qui se tenaient les mains par-dessus les guéridons et les couples de la veille qui se surveillaient férocement, tous donnaient l'impression de participer à un spectacle en trompe-l'œil, dont l'ex-caporal-chef Bénito, avec son sac bleu sur l'épaule, sa tête rase et son regret de Thélonia, était exclu par définition. Mieux valait ne pas s'attarder sur le boulevard et se rendre chez la Russe directement.

Il choisit les rues les plus tranquilles, acheta neuf roses chez un fleuriste qu'il connaissait et sonna à la porte de Sonia. Personne n'ouvrit. Il posa son sac sur le seuil, coucha le bouquet sur le sac, s'avança dans la rue déserte et, d'un bond, sans prendre d'élan, escalada le mur du jardin.

Au premier regard, il comprit que la maison avait été abandonnée. Pas de fauteuils sur la galerie. Pas de mannequins à roulettes. Les volets clos. Les portes fermées. Impression de désolation et d'oubli, malgré les saules qui ployaient sous leurs jeunes feuilles et les liserons qui prospéraient autour des piliers de la véranda.

Il savait que la porte de la cuisine, qui donnait à l'arrière de la maison, ne résisterait pas à un coup d'épaule. En fait, elle n'était pas verrouillée et tourna sur ses gonds avec son grincement habituel. Non, il ne s'était pas trompé. La cuisine n'avait plus servi depuis des semaines et l'odeur de renfermé qui flottait dans le couloir attestait que le lieu était bel et bien déserté. Il n'y avait plus de meuble dans le salon, à l'exception d'un vieux divan et d'une machine à coudre cassée. Même vide dans les autres pièces où traînaient çà et là des lambeaux de tissu inutilisé, des chutes de feutre, des bobines de fil chinois et des aiguilles. Une seule chambre conservait en partie son ameublement : celle qu'on lui réservait autrefois ! Il y restait encore un lit, une table, une lampe et quelques livres. Au revers d'un costume blanc suspendu à un cintre, un bristol était épinglé :

Mon cher Narcisse, j'ai coupé et cousu pour vous cet habit, que vous porterez en pensant à votre ami, qui fut mon fils. Comme vous le savez, le blanc est une des couleurs du deuil.

Les nouvelles que j'ai d'Allemagne par mes amis ne sont pas bonnes. Vous n'êtes pas israélite, vous ! Il vous sera peut-être difficile de me comprendre. Mais ma décision est prise.

Ce soir, je serai à Marseille d'où j'embarquerai dans trois jours pour l'Amérique. Je vous enverrai ma nouvelle adresse dès que possible. Rejoignez-moi.

Pas d'adieu donc,
   mais
     un grand
      AU REVOIR
         de
          votre Sonia

Éphraïm consacra la matinée du lendemain à nettoyer la tombe de Thélonia et à la fleurir. L'après-midi, il voulut revoir la guinguette des mariniers. Mais l'établissement était fermé. Pendant huit jours, vêtu de blanc, il rôda autour de l'hôtel où il avait été heureux. Lui-même ne se cachait pas que c'était moins de la piété que de la superstition. Lorsque le soleil déclinait, il revenait vers la rivière et s'asseyait au bout d'un ponton jusqu'à la tombée de la nuit. Sur l'autre berge, quelques roulottes de tsiganes scintillaient dans le couchant. Des chevaux étaient rassemblés sous les arbres. Des enfants jouaient avec des bâtons en poussant des cris. La barque rouge d'un pêcheur glissait dans l'ombre. Éphraïm assis près de l'eau laissait ses pensées filer avec le courant.

Le petit duc

Il arriva au milieu de la nuit à Col-de-Varèse. De loin, il vit de la lumière dans la chambre de Bienvenu. Il imagina le vieil homme écoutant les bruits de l'été les yeux mi-clos, un cigarillo dans les doigts. Il pensa, je vais lui faire une surprise, voyons s'il a toujours l'oreille fine. Il se plaça sous la fenêtre et s'amusa à imiter le petit duc. Hou! Hou! Hou!

À peine avait-il lancé le signal d'autrefois que le vieil Armand se détacha de l'obscurité et le serra dans ses bras en sanglotant.

— Vous n'avez pas reçu mon télégramme?

— Non!

— Votre père s'est tiré une balle dans la poitrine.

Éphraïm se précipita dans l'escalier et faillit

renverser la vieille Bobette qui sortait de la chambre de Bienvenu. Au fond de la pièce, dans la pénombre, le fermier reposait sur le grand lit, les mains le long du corps, comme un soldat au garde-à-vous. Un coussin lui soulevait la nuque légèrement et son bandage lui faisait une bosse sur la poitrine. Il avait les joues creusées, le teint cireux. De sa bouche à demi ouverte s'échappait un sifflement irrégulier. Eliana était assise près du lit.

— Puisque vous êtes là, je vais dormir un peu, chuchota-t-elle en se levant.

— Quand est-ce arrivé ?

— Il y a trois jours.

— Pourquoi ne l'a-t-on pas transporté à l'hôpital ?

— Il a refusé.

La chambre sentait le cigare froid et l'alcool iodé, un mélange désagréable. Un insecte tournait autour de la lampe. Éphraïm s'assit au bord de la chaise, sans savoir ce qu'il devait faire. Pourquoi n'était-il pas rentré plus tôt à Col-de-Varèse ? Tout aurait été si différent !

Au bout de longues minutes, un quart d'heure, une demi-heure peut-être, le gisant grogna, bougea les doigts, souleva la main droite et la reposa quelques centimètres plus loin. L'insecte se cogna une fois de trop à l'ampoule et tomba au pied du lit. Le sifflement s'interrompit.

— C'est toi... qui faisais le hibou ?

— Oui.

— Comme... quand nous vivions... dans la montagne !

La voix n'était qu'un murmure qui s'étranglait. De nouveau Éphraïm pensa, j'arrive trop tard, il n'y a plus rien à faire désormais, il va mourir. Il saisit la main du vieil homme, s'effraya de sentir qu'elle était brûlante et ne pesait rien, et se rappela que jadis, du temps de Lise, quand il était couché avec de la fièvre, Bienvenu veillait sur lui et souvent lui prenait la main au fond de la sienne.

— Voici ce que... tu feras... Petit Jean...

— Je vous écoute.

— Tu demanderas à Eliana... pas aujourd'hui... dans quelque temps...

— Oui.

— Ce que je lui ai dit... à propos de toi... un soir où elle s'est fâchée...

— Je vous le promets.

Bienvenu respirait difficilement, par à-coups, en s'y reprenant plusieurs fois, comme si chaque filet d'air devait s'ouvrir de force un passage vers les poumons et n'y parvenait qu'au prix d'un effort qui en détruisait le bénéfice. Quelquefois, au milieu de ces soubresauts, un temps d'arrêt se produisait, se prolongeait, un suspens qui semblait échapper à toute durée. Et c'était le plus affreux.

— Tu es là, Petit Jean ?

— Oui.

— Est-ce que... tu te souviens... de la montagne ?

— Bien sûr.

— Pourquoi... est-elle... si loin ?

— Mais elle est là. Nous sommes à Col-de-Varèse !

— Pas cette montagne-ci... L'autre... où il y a...

— Quoi ?

— Les... éléphants...

Le garçon devina, plus qu'il n'entendit, ce dernier mot prononcé d'une voix brisée. Les éléphants! Ainsi cet homme à l'agonie rêvait-il des éléphants qu'il n'avait jamais vus. Et sans doute aussi pensait-il, avec regret, à cette soirée de juillet où l'enfant lui avait raconté la traversée des Alpes par Hannibal. Éphraïm se pencha sur le lit et demanda :

— Voulez-vous que je vous conduise là-bas, dans l'autre montagne... ?

— N'est-elle pas... trop loin... déjà ?

— Non. Pas trop loin. Juste devant vous.

— Alors, vite... Ne perdons pas... un jour de plus.

Je suppose qu'Éphraïm n'avait pas le cœur à remuer ses souvenirs d'histoire latine. Mais il se laissa envahir peu à peu par les images de cet été évanoui dont j'ai parlé. Avec les mêmes mots, les mêmes détails vrais ou plausibles, il raconta comme autrefois le voyage des bêtes venues d'Afrique, la montée vers le col des colonnes exténuées, l'affolement des animaux sur le verglas, l'ultime bivouac dans la bise avant la descente sur l'Italie...

Ce fut la dernière nuit du vieux Jardre dans sa maison. Par moments, Éphraïm cessait de parler. Un léger soupir ou le tremblement d'un doigt sur le drap lui signifiait qu'on l'écoutait, qu'il devait poursuivre l'histoire, ne pas s'inquiéter, ne pas s'arrêter, ne pas s'interrompre avant l'heure où il le faudrait.

Il continua donc, il parla, il laissa les mots couler de sa bouche comme une offrande. Soudain, au milieu d'une évocation des troupeaux se ruant dans une trouée du brouillard, Bienvenu se souleva et ouvrit à demi les yeux. Son visage indéchiffrable se détendit dans un long tressaillement :

— Si vous l'aviez vu dans la neige ! Tout de suite, j'ai dit à Lise...

Quand le médecin se présenta le lendemain, pour constater le décès, Eliana et Armand, le visage blême, étaient assis dans le couloir devant la chambre de Bienvenu. À travers la porte fermée, on entendait la voix d'Éphraïm qui décrivait les éléphants couverts de neige, piétinant la glace des Alpes, barrissant, s'étranglant aux chaînes énormes, entraînant leurs cornacs dans les à-pics. Puis, tout là-bas, par-delà les temps, par-delà toute parole dite ou à venir, il y avait, comme une nouvelle Carthage, la Rome de l'été de Bienvenu.

CHAPITRE 13

Mobilisation

Le 5 septembre 1939, Éphraïm, un brassard de deuil à l'avant-bras, se présenta dans une caserne de Gap. Comme il n'y avait pas assez de lits pour les centaines de rappelés qui étaient convoqués le même jour, il dormit dans un bâtiment annexe, sur de la paille répandue, avec sa petite valise pour oreiller. Le lendemain, on l'affecta au 14e bataillon de chasseurs alpins, ce qui correspondait à ses vœux.

Taciturne et presque farouche, il fuyait les conversations et détestait plus que jamais l'esprit de corps. On ne lui connaissait aucun vice ni aucun dada, ce qui ne le rendait pas sympathique. Quand il avait franchi le premier un passage difficile et qu'il devait attendre ses compagnons, il soulevait tristement ses lunettes noires et plissait les paupières sur ses yeux bleus comme faisait Bienvenu à qui, depuis peu, il s'était mis à ressembler. Jusqu'à Noël, il se porta volontaire pour toutes les missions de reconnaissance en altitude avec les éclaireurs-skieurs, il campa dans des bergeries ou dans des refuges, par des températures de moins dix, moins quinze degrés. Dans ses lettres à Armand, il ne se plaignait de rien, sinon de rester longtemps éveillé quand il aurait fallu dormir et de lire les journaux avec retard.

Ce fut l'époque des bobards et des démentis, ce que Roland Dorgelès, dès la fin octobre, à la une de *Gringoire*, avait appelé « une drôle de guerre ». Bataille de communiqués. Illusions. Mensonges. Propagande et pronostics sans fondement. La presse et la TSF étant censurées, l'invérifiable devint la règle. Sans preuve aucune, on parlait de raids sur Londres, sur Lyon, d'une défaite allemande à Varsovie, d'un paquebot américain torpillé en mer du Nord. Avec une belle unanimité, les astrologues prédisaient que l'année quarante serait glorieuse pour la France.

À raison de quinze francs les cent kilos, le gouvernement acheta aux particuliers les vieux brocs, les vieilles marmites, les lits-cages, les poussettes, les seaux troués et les joujoux en métal pour en faire des balles de mitrailleuses. Armand écrivit au caporal-chef Bénito qu'il s'était débarrassé d'un grand nombre de vieux socs et de vieilles fourches. Éphraïm n'était pas dupe du tour plaisant que le régisseur donnait à ses lettres avec l'intention par trop visible de lui « remonter le moral », mais il n'ouvrait jamais sans des battements de cœur le courrier provenant de Col-de-Varèse. En général, Armand commentait les nouvelles de la région, Eliana se contentant d'ajouter d'une main rapide, à l'encre bleu-noir, quelques mots affectueux au bas de la feuille.

Au printemps 1940, le 14e bataillon quitta son cantonnement provisoire et s'installa près d'Aix-les-Bains où il fut rejoint par des éléments de la

Légion venus du Larzac. La rumeur d'une expédition nordique circulait depuis longtemps, mais l'invasion du Danemark et de la Norvège par la Wehrmacht, le 9 avril, précipita le cours des choses. Le haut commandement franco-britannique décida de « couper la route du fer ». Moins d'une semaine plus tard, Éphraïm faisait savoir qu'il partait pour une destination qu'il n'avait pas le droit d'indiquer.

Le voyage par chemin de fer dura trente-huit heures et enchaîna, au hasard des guérets, des jardins et des échappées sur les bois, les miracles successifs d'une France de clochers, printanière, diverse, opulente, gorgée de sucs immémoriaux, et qui ne voyait rien venir. Les alpins n'avaient pas été informés du lieu de leur embarquement. Comme il fallait que ce fût un port de guerre, le choix n'était pas grand. Mais ce fut sur le quai étroit d'une gare, dans la cohue de l'arrivée, que les soldats découvrirent le nom de Brest scintillant au-dessus des portes vitrées. Trois jours plus tard, après avoir défilé dans les rues avec sa fanfare, tout le bataillon embarquait sur un paquebot blanc, le *Président Doumer*.

Il est regrettable pour moi que le jeune Éphraïm ait perdu le journal de bord de sa traversée : j'aurais rapporté ici, telle quelle, toute honte bue, sa première vision de l'océan. Chez un montagnard comme lui, la mer ne pouvait éveiller aucune impression d'enfance. En avait-il rêvé seulement ? Je crois qu'il la connaissait avant tout par l'*Odyssée*, par *Les Travailleurs de la mer*, par quelques vieux romans anglais et par les récits de Sindbad. Mais avait-il imaginé en lisant Homère ou Hugo son aspect de fonte brute, son odeur crue, sa sauvagerie, ses jeux de miroirs biseautés si vite changés en renfoncements d'anthracite, et ce pouvoir qu'elle partage avec le sommeil de réconforter, d'attirer et de faire peur.

Le *Président Doumer* sortit de la rade, précédé du *Flandre* et du *Djenné,* deux autres paquebots transportant des troupes. Des contre-torpilleurs escortaient le convoi qui avançait en ligne. Éphraïm partageait une cabine de deuxième classe avec trois hommes de sa section. Il alla sur le pont examiner le dispositif de la DCA. Son premier quart commençait à minuit, il avait le temps.

En mer d'Irlande, un avion anglais lança deux fusées rouges au-dessus du convoi pour signaler la présence d'un sous-marin. On entendit peu après des explosions suivies d'un grondement le long de la coque. Éphraïm prenait son repas dans la salle qui servait de mess ; il supposa qu'il s'agissait d'un simple exercice et qu'on faisait l'essai de quelques pièces d'artillerie. Il finit son assiette de nouilles froides sans se presser. Un peu plus tard dans la soirée, au moment de la relève, un gradé lui apprit qu'un submersible avait attaqué le convoi et que les contre-torpilleurs, ripostant par des grenades sous-marines, l'avaient coulé.

Il y eut une autre alerte la nuit suivante, juste après le coucher du soleil. Les sirènes déclenchèrent le branle-bas, les projecteurs de la DCA fouillèrent le ciel, les tireurs empoignèrent les mitrailleuses. Ce n'était que la berlue d'un jeune guetteur qui avait confondu l'éclat de Vénus, la grosse étoile du Berger, avec l'étincellement d'un stuka, tout le monde peut se tromper.

En dépit d'un communiqué de la radio qui annonça une attaque aérienne sur les transports, les premiers jours de la traversée furent plutôt calmes. Éphraïm, dans les moments où il n'était pas occupé à quelque tâche minutieuse, avait le temps de s'abandonner aux sensations fortes du large. Lui-même reconnut longtemps plus tard que cette monotone remontée vers le Grand Nord, accompagnée d'un bercement continuel, avait eu l'effet d'un baume sur son âme encore endeuillée. Je crois qu'une métamorphose s'opéra à son insu, sans brutalité ni à-coups, comme la lente cicatrisation d'une blessure. Tout au plus remarqua-t-il avec la perspicacité des convalescents le réveil de ses émotions d'autrefois et la résurrection d'une énergie dont il n'avait jamais manqué jusqu'à la mort de Bienvenu.

Un matin, sous le pâle soleil d'avril, la mer était calme, lourde, moirée, d'un bleu de boudoir; le convoi s'égrenait le long des côtes de la Clyde aux paysages vaporeux; Éphraïm, étendu sur sa couchette, consultait une carte et somnolait; et voilà que glissait dans l'œil du hublot une pelouse en pente douce parsemée d'arbres vert clair, puis un château de brique rouge qui, du navire, ne paraissait pas plus volumineux qu'une maisonnette de poupée et devait comporter trente ou quarante pièces tapissées, une salle d'armes, des salons de musique et de bal, une bibliothèque à galerie et plusieurs étages de chambres, sans compter les communs, les haras, les ronds d'eau, les étangs, les courts de tennis et le labyrinthe de buis.

Éphraïm sortit ses jumelles de leur étui, se

promena dans le tableau et détacha du fond de verdure confus une jeune femme en culottes blanches et veste jaune, qui faisait trotter un cheval dans un manège. Il ajusta la molette de mise au point et s'efforça de suivre le parcours de la cavalière à qui il trouvait une certaine ressemblance de tournure avec Thélonia.

Cependant le navire filait quinze nœuds et le château s'amenuisait dans la distance. Éphraïm reposa les jumelles sur sa poitrine et ferma les yeux. Il pensait, je pars vers le front, peut-être serai-je tué dans quelques jours, cette jeune femme n'en saura rien. Pour elle, la guerre est une abstraction, un nuage qu'on ne voit pas, tandis que la réalité, c'est le tressaillement de l'animal entre ses genoux, l'odeur vivante de son crin et de sa sueur, le martèlement des sabots sur la terre sèche ou humide. C'est aussi, probablement, le visage d'un amoureux avec qui elle a rendez-vous tout à l'heure, quelque hobereau du pays, qu'elle admire depuis l'enfance et qui sera bientôt pour elle aussi réel que son cheval, à moins que le nuage ne se rapproche et que la guerre, cessant d'être abstraite, ne lui enlève son fiancé.

La vision disparut du hublot, définitivement. Le paquebot longea des étendues de landes vert sombre qui finissaient au bord de l'eau. Puis il s'éloigna de la côte pour éviter quelques hauts-fonds. La nuit suivante, en prenant son quart, Éphraïm repensa à la cavalière dans son manège, sans se rendre compte tout de suite — ou peut-être que si, après tout! — qu'il lui prêtait le visage, les yeux, le fuyant, la vivacité d'Eliana.

Le jour se levait à peine quand le convoi dont les feux de bord clignotaient continuellement ralentit à l'approche de Scapa Flow. C'était la première fois que des navires français étaient invités dans la rade la plus secrète de l'empire britannique. Au mouillage : une centaine de bâtiments, le fleuron de la Home fleet. Pavillons dans le soleil, scintillements des coques et des tourelles, animation sur tous les ponts, sentiment de puissance et d'exaltation suscité par la vue des croiseurs et des destroyers au repos. Malgré des alertes fréquentes, signalées par l'apparition de drapeaux rouges au sommet de tous les grands mâts, les arrivants percevaient une atmosphère de gaieté diffuse autour d'eux. Elle était liée au printemps, à l'air vif, à la concentration des énergies rassemblées en si peu d'espace, à la jeunesse des marins dont le visage démontrait qu'ils étaient certains de leurs droits et de la victoire prochaine de leur pays.

L'escale dura trois jours, mais interdiction de descendre. À l'aube du quatrième, des timoniers anglais montèrent à bord et se chargèrent des manœuvres. Réservés ou exubérants, mais toujours courtois, joignant une insouciance de dandy à la précision des comptables, ils demeuraient un élégant mystère pour les Français que ce mélange de vertus contradictoires dépaysait. Éphraïm eut de l'amitié pour l'un d'eux, nommé Malcolm, qui partageait son goût pour la poésie de Catulle et qui lui fit connaître Yeats et Thomas Hardy.

La traversée de la mer des Hébrides fut moins sereine. Le vent soufflait fort, des paquets de mer balayaient le pont, il fallut bâcher les mitrailleuses et porter des cirés poisseux qui dégoulinaient sur les genoux. Beaucoup d'hommes de la troupe, qui n'auraient pas reculé sous la mitraille, comme ils le prouvèrent plus tard, battirent en retraite devant la houle et se séparèrent de leur repas, bien involontairement. Pour fuir les malades de sa cabine, Bénito gagnait les coursives en compagnie de Malcolm dont le laconisme faisait merveille. Désormais, dans le double rond des jumelles, passaient des nuages gris qui s'effilochaient, des goélands, des falaises de basalte noir, miroitantes d'humidité, qui surgissaient de l'océan comme des vagues pétrifiées.

Le franchissement du cercle polaire, le 26 avril, dans l'après-midi, donna lieu aux hourras et aux toasts traditionnels. Éphraïm, qui n'avait jamais été un grand buveur, leva en secret son verre de carthagène à la santé du vieil Armand et à l'avenir d'Eliana. Comment se représentait-il cet avenir? À vrai dire, il n'en savait rien.

Précédé d'un mouilleur de mines anglais qui s'était joint à l'escorte, le convoi se dirigeait vers l'archipel des îles Lofoten, cela signifiait que le débarquement s'effectuerait à une latitude élevée, près de Narvik, voire plus haut. À présent, les changements subtils de la lumière, ses discrètes modulations au fil des heures constituaient le principal événement. Le soir, le soleil rouge disparaissait sous l'horizon pour en resurgir quelques heures plus tard sans que la nuit eût le temps de s'installer. Cet escamotage de l'ombre contribuait à l'énervement général, car personne ne voulait aller dormir tant qu'il faisait jour, et le jour n'avait pas de fin.

Le dernier soir de ce long voyage polaire, après avoir assuré un quart de deux heures, Éphraïm s'étendit sur sa couchette et rêva qu'il marchait avec Bienvenu dans une région inconnue. Pas un arbre. Pas un animal. Pas une maison. Nul signe de vie. La terre gaste des romans de la Table ronde que Petit Jean avait empruntés à la bibliothèque du curé. Par une bizarrerie du rêve, qui ne choquait pas le dormeur, le vieil homme portait une barbe couleur de miel, digne d'un roi antique ou médiéval. Sur ses épaules, un manteau blanc constellé de points rouges. À la main, en guise de sceptre, la baguette d'un fusil rougie au feu.

— Où allons-nous ? demandait Petit Jean.

— Au pays des oies sauvages, disait Bienvenu. Là où nous vivions si bien tous les deux avant que...

— Avant quoi ?

— Tu le demandes ? As-tu oublié ce que tu as fait ?

— Que voulez-vous dire ?

— Et le visage de Thélonia ?

Éphraïm ouvrit les yeux et regarda par le hublot, sans savoir s'il était vraiment réveillé ou s'il continuait de rêver d'une autre façon. Le convoi passait au large d'une côte montagneuse, très découpée. Une lumière de cristal tombait sur la mer et sur les cimes enneigées qui surplombaient les échancrures du rivage. Le *Président Doumer* avait ralenti. Les falaises se rapprochaient. Bientôt le paquebot jetterait l'ancre à l'entrée d'une baie étroite et profonde ; et le transbordement s'effectuerait sur les petits bateaux de pêche norvégiens. Éphraïm se rappela, en bouclant son sac Bergam, la première fois où il avait noté sur son calepin d'écolier le mot fjord qu'il ne savait pas prononcer.

Plus de dix mille jeunes gens prirent part à la campagne de Norvège. Le caporal Jean Bénito fut l'un d'entre eux. Il participa à plusieurs combats sans merci. Il souffrit de la faim, du froid, de la crasse, de la fatigue. Il dormit dans des trous creusés dans la neige. Il eut les orteils gelés. Il délogea un certain nombre d'ennemis dont il ne vit pas le visage. Il faillit ne jamais revenir à Col-de-Varèse.

Le projet était de reprendre Narvik et de repousser vers la Suède les forces d'occupation allemandes, composées pour l'essentiel de régiments de montagne bien entraînés. Ces troupes disposaient de plusieurs centaines de mitrailleuses, de quelques canons ou mortiers, d'hydravions de reconnaissance et de l'appui des bombardiers. Bénéficiant de l'avantage du terrain, elles reculèrent lentement en dépit de leur infériorité numérique.

Au début de l'intervention, qui associa les bataillons norvégiens du général Fleischer, la marine et l'aviation britanniques, les chasseurs alpins, la Légion et un régiment polonais, Éphraïm ne se sentit pas « dans le coup », comme il l'écrivit à Armand. Pour commencer, il y avait le dépaysement de la grande clarté polaire, cette lumière continue, froide et brûlante, unanime, plus secrète et plus solitaire que la nuit, qui donnait un contour d'irréalité à toute chose. S'y ajoutait le sentiment d'un temps dilaté par le prolongement du jour, une sensation diffuse d'ivresse, proche de l'envoûtement. Il fallut les premières escarmouches dans la montagne, les premiers accrochages avec l'ennemi retranché derrière une croupe et la mort à ses côtés de Bravillard, pour qu'Éphraïm fût arraché à cet état de somnambulisme permanent qui aurait pu lui coûter la vie.

Bravillard, un mètre nonante-neuf sous le béret (sans compter la couche de neige), était le seul homme de la compagnie que Bénito n'aurait pas ceinturé facilement. Originaire du Jura, fils d'un bûcheron, il s'était vanté, à quinze ans, de porter sur le dos, d'un bout à l'autre d'une prairie, la nouvelle cloche de l'église de son village que six hommes avaient eu du mal à hisser hors d'une péniche. Effectivement, au milieu des acclamations, le géant avait déplacé la cloche de quelques mètres, ce qui était vraiment un exploit, avant de rouler dans l'herbe avec elle jusqu'à la berge, un coup dessus, un coup dessous, comme un gros bousier sur sa boule, et de se briser deux vertèbres. Depuis il gardait cette posture qui faisait sourire ses camarades quand il partait à l'assaut, une épaule plus haute que l'autre, la tête rentrée dans le cou comme un cormoran.

En constatant la mort de Bravillard, Éphraïm fut saisi d'une sorte de tremblement comme quand il avait touché du doigt la carcasse du loup que le vieil Armand avait suspendue à un clou, la gueule en bas. Il n'eut pas le temps de s'abandonner à ses émotions, car une mitrailleuse masquée par des bouleaux tirait sur lui, il n'y avait rien d'autre à faire que de la réduire au silence, ce silence du Grand Nord que la guerre venait troubler.

L'assaut fut plus long que prévu puisqu'il s'acheva vers minuit, dans ce crépuscule sans tain qui séparait deux longues journées au soleil. À cette heure-là, il était dangereux de dormir à cause du froid. Les hommes creusaisaient une fosse dans la neige avec des pelles, ils jetaient des branches vertes au fond du trou pour s'isoler du sol gelé et ils restaient là jusqu'au matin à s'agiter, à taper des pieds, à se raconter des blagues, à boire du café pisseux et à se dire que ce purgatoire allait finir, qu'il y aurait bientôt la relève, laquelle (soit dit en passant) ne vint jamais.

Telle fut la vie d'Éphraïm et de ses camarades de section : ils mangeaient mal, marchaient beaucoup, délogeaient une batterie de temps à autre, essuyaient un bombardement et dormaient dans leur pèlerine, à l'heure la plus chaude de la journée, entre midi et cinq heures. La région où ils opéraient était parsemée de petits lacs, de recoins neigeux et de pentes immaculées, un paysage étincelant qui prenait l'âme au dépourvu et réservait des surprises sournoises quand les arrivants déboulaient à découvert sous le feu croisé des tireurs. Plus d'une fois, le caporal-chef Bénito, qui marchait en tête de file, fut sauvé par son intuition de la montagne et sa méfiance presque animale, cette capacité qu'il avait de flairer les chausse-trapes ou de repérer de loin les signes d'une présence que personne d'autre n'avait remarqués.

À mesure que le bataillon progressait vers l'intérieur, le froid s'intensifiait, les combats devenaient plus âpres, plus meurtriers, et les conditions de vie des soldats se détérioraient. Mal nourris, mal vêtus et mal reposés, beaucoup souffraient de crampes, d'angines, d'écorchures non soignées, de petites plaies purulentes, de clous dans le dos et d'abcès. Néanmoins, le moral était excellent, les Français gagnaient du terrain, les nazis reculaient partout, c'était la première fois ; et les bouleaux resplendissaient, les oiseaux voletaient autour des lacs, le ciel retournait sa chaloupe bleue au-dessus des glaces qui transpiraient.

Le hangar à bateaux

Un matin, Éphraïm s'aperçut qu'il avait perdu le compte des jours écoulés depuis le débarquement en Norvège. Il aurait pu fouiller son sac Bergam pour y prendre son agenda aux pages moisies, mais à quoi bon ? Le passé, c'était de la neige fondue. Quant à l'avenir, mieux valait ne pas y croire. Seul le présent était réel. Ainsi, peu à peu, bon gré mal gré, s'opérait la grande simplification de la guerre : simplification des besoins, des volontés et même des conjugaisons ! Il ne s'endormait plus désormais en revoyant Col-de-Varèse, il ne rêvait plus d'éléphants affolés par la tourmente des flocons, n'était plus réveillé par le souvenir de Bienvenu, ne se disait plus dans la journée : « Il faudra que je parle de cette cabane rouge au vieil Armand qui est si fier de sa hutte de rondins » ou encore : « Eliana aimerait ce paysage, je le lui dessinerai. »

Et cela dura une semaine, peut-être plus. Puis la section fut arrêtée à l'entrée d'un col et dut attendre du renfort. Cinquante-six heures dans la neige, la glace coupante et le vent qui soufflait du pôle. Éphraïm eut les pieds gelés. On le ramena à l'arrière, on lui donna un lit parmi cent autres dans le vieux hangar à bateaux qui servait d'infirmerie à la demi-brigade. Il y flottait des odeurs de lichen, d'algues, de barques, de toiles moisies et de rouille qui s'ajoutaient à la puanteur de l'éther. Couché sur le dos, n'ayant rien d'autre à faire que d'attendre, d'écrire des lettres qui n'avaient aucune chance de partir et de compter les heures qui le séparaient des repas chauds, il entendit dans un demi-sommeil le médecin-major (qu'il n'aimait pas) employer le mot gangrène, suivi du mot amputation. Il crut que c'était de lui qu'on parlait, il se représenta tout ce qu'il allait perdre avec sa jambe et il pleura comme un enfant.

Il s'était trompé. Ce n'était pas lui qu'il fallait opérer de toute urgence, mais Leruiss, surnommé Gros Lot, le tireur d'élite du 14ᵉ bataillon, celui qu'on allait chercher quand on n'en pouvait plus d'essuyer le feu d'un type dont le casque, dans les jumelles, ne tenait pas plus de place qu'un petit pois. En général, Leruiss arrivait en croquant un biscuit ou du chocolat, il disait qu'il le lui fallait pour ne pas trembler, c'est pourquoi il bourrait ses poches de sucreries. Il commençait par observer la dénivelée, puis il installait le fusil de précision sur le trépied, se frottait les mains pour les réchauffer et faisait claquer ses phalanges l'une après l'autre ; il ne se pressait pas et donnait l'impression d'évoluer dans un temps à lui, distinct du rythme de la guerre. Mais tout à coup il était prêt, cela se voyait à son dos qui ne bougeait plus ; il esquissait le signe de la croix, retenait sa respiration et tirait. Et chaque fois qu'il faisait mouche, une grimace de dégoût fripait son visage lunaire de petit garçon longtemps effrayé. Car aucun sentiment de victoire ne viendrait jamais effacer ce qui avait eu lieu. À l'âge où Petit Jean, dans la bibliothèque du curé, découvrait la grandeur du monde, le gros Leruiss, qu'on n'appelait pas encore Gros Lot, avait déjà derrière lui une longue expérience du ceinturon et il savait tout ce qu'il avait besoin de savoir : que le temps de la punition est infini et que toute vie est trop courte pour les souffrances, c'est pourquoi de bonnes âmes ont inventé l'enfer qui les contiendra.

Leruiss fut transporté sur un navire-hôpital britannique où on l'amputa d'une jambe. Éphraïm demanda des nouvelles de l'opération. Personne ne savait rien. Plus tard il apprit qu'elle avait réussi. Gros Lot avait survécu et devait à sa volonté et à son humour autant qu'à sa constitution de se remettre plus vite que ne l'avait prévu le chirurgien. Il ne mourrait donc pas, le tireur d'élite du bataillon était sauvé et pourrait bientôt porter la bonne nouvelle à sa mère, en sautillant sur la jambe qui lui restait.

Depuis qu'il était à l'infirmerie, éloigné de l'action qui contient toujours un peu de morphine, Éphraïm rêvassait, doutait, s'ennuyait et réfléchissait. Sans radio, sans livres, sans distraction, sans même un papier sur lequel il aurait pu prendre des notes ou faire un dessin, il lui fallait remplacer par des souvenirs le courrier qui n'arrivait pas. On était en mai. À Col-de-Varèse, c'était l'époque des pollens, des premières miellées d'abeilles, des sous-bois gorgés de lumières vertes, du réveil ou de la résurrection de chaque parcelle de sève. Le matin, au soleil levant, dans les terrains à découvert, les tétras-lyres se rassemblaient par bandes mixtes pour danser leurs danses nuptiales, entre frayeur et frénésie. C'était le mois où l'hermine change de robe. Les martes à gorge blanche mettent bas leur portée de petits aveugles. Le chamois solitaire oublie la harde des femelles pour lesquelles il s'est épuisé en hiver. Tout au long de la vallée encore noyée de vapeurs, les vergers se réveillent l'un après l'autre, dans une saignée de rose et de mauve, une bataille de parfums où l'amande amère l'emporte sur la suavité de l'acacia. Au-dessus des hautes pâtures, glissant sur les pentes et les rochers, des bancs de brouillard cotonneux tanguent comme des pénitents blancs. Partout les neiges fondent, suintent, s'égouttent, se creusent, les glaces se rompent, se craquellent, se désagrègent, se brisent avec des éclats de cuirasse et des tintements de miroirs qui dégringolent de leur cadre. Il n'est pas une déclivité où les eaux froides ne circulent. La plus frêle tige respire et se tourne vers le soleil, la moindre pierre a une odeur.

De nouveau il se rappela l'époque où il était considéré comme l'enfant prodige de la montagne, parce qu'il était curieux de tout, qu'il apprenait vite et qu'il ne lâchait pas la pomme rouge dans laquelle il avait mordu. Vanité des vanités. Poussière d'orgueil. Les dons ne sont jamais qu'un malentendu. Il n'avait rien fait de ce qu'on espérait de lui. Mais avait-il déçu Bienvenu ou lui avait-il été fidèle en abandonnant les études ? Une voix lui disait qu'il n'avait jamais trahi son tuteur ni la vieille Lise ni Thélonia, jamais consenti à leur absence, jamais fait son deuil de ce qu'il avait aimé une fois, et qu'il lui serait donné un jour de le prouver.

Un matin, après une semaine de repos, il quitta l'infirmerie de la demi-brigade avec trois autres convalescents. Le groupe avait vingt kilomètres à parcourir pour rejoindre le bataillon. L'air était tiède, le temps clair, la piste facile pour des hommes bien entraînés. Éphraïm, encore mal remis de ses gelures, fut vite distancé par ses compagnons. Au bout d'une heure, le fourgon du ravitaillement le rattrapa.

— Première fois que je te vois traîner la patte ! lui cria par la portière le conducteur, Jean Soqdeleau, natif de Villard-de-Lans, un ancien de Barcelonnette.

En dépit de la consigne dont il n'avait cure, Soqdeleau invita Éphraïm à monter à côté de lui. À deux reprises, au volant de son camion, il avait échappé au bombardement de la route. Il n'en tirait aucune gloriole mais racontait l'histoire avec plaisir. C'était un homme entier et généreux dont toute la compagnie connaissait la passion pour les autos et la mécanique. Sa conversation ordinaire était truffée de courts poèmes comme « l'arbre à cames en tête », « les barres de torsion », « les ressorts à lames », « le frein moteur ». Avec ses joues grêlées, sa courte moustache en brosse et une dégaine de baroudeur, on savait qu'il charmait facilement les femmes qu'il n'aimait pas, mais n'avait aucun succès auprès de celles qui étaient son genre. Vieille tragédie !

Le camion dépassa bientôt les trois marcheurs et parvint au cantonnement. Soqdeleau poursuivit ses occupations. Un peu plus tard, dans l'après-midi, Éphraïm apprit que la piste avait été bombardée par un avion isolé, ses trois compagnons de marche étaient morts.

Victoire désespérée

La bataille se poursuivit pendant tout le mois de mai. Le 26, le général Béthouart, commandant des forces françaises en Norvège, reçut l'ordre de se retirer du pays. Il jugea cet ordre inopportun et s'en expliqua par la suite. « Embarquer sous les yeux de l'ennemi installé à Narvik, c'était courir le risque de voir nos troupes, nos plages d'embarquement, nos bateaux assaillis par l'aviation allemande; c'était aller au-devant des pires catastrophes... Nous avons attaqué et pris Narvik avec l'ordre d'évacuation en poche, puis, tout en commençant l'évacuation, nous avons poursuivi l'ennemi et nous l'avons laissé, acculé à la frontière suédoise, dans une situation d'où il ne voyait plus rien. Après quoi, sans qu'il s'en aperçût, nous sommes partis... »

Le 28 mai, après vingt-quatre heures de combats, la 13ᵉ demi-brigade de la Légion étrangère s'empara de Narvik avec l'appui des soldats norvégiens, de la flotte anglaise, du détachement polonais et des bataillons de chasseurs. Bénito participa au harcèlement des troupes nazies qui battaient en retraite vers la Suède, mais il n'entra pas dans la ville. Il ne fut donc pas accueilli par les Norvégiennes en pantalons fuseaux et pull-over rouge qui impressionnèrent tant les Français.

Dès le lendemain de la victoire, selon le plan d'évacuation établi, l'essentiel du corps expéditionnaire nordique commença de se retirer, tandis que plusieurs unités de légionnaires donnaient le change. L'abandon si rapide de la position acquise la veille paraissait insensé aux combattants. Dans la compagnie de Bénito, qui avait eu trente morts et près d'une centaine de blessés, personne ne voulut croire à ce repli jusqu'à la dernière minute. Au comble de l'étonnement, les hommes furent transportés en camionnettes dans les villages du Rombaksfjord. De là, ils embarquaient par petits groupes sur les puffers, les bateaux de pêche norvégiens, qui les conduisaient au torpilleur *Arrow* à partir duquel s'opérait le transbordement sur les grands paquebots restés au large. Les Anglais avaient eu le bon goût de réquisitionner le *Ormonde* à deux cheminées, un vieux routier de la ligne de l'Orient, et le *Monarch of Bermuda,* qui offrait des croisières de luxe dans les Bermudes avant la guerre.

Il ne fallut qu'une dizaine d'heures pour embarquer des milliers d'hommes sous cette lumière d'insomnie de l'été du Grand Nord qui chasse la nuit et retient les cauchemars. Où était la réalité? Où était le délire? Pourquoi cette hâte? Un compagnon de cabine de Bénito, résistant de la première heure, dont je garde le nom pour moi, écrivit à sa jeune femme le dimanche 9 juin ces mots qui préfigurent la catastrophe à venir :

« Seuls les hommes sont rapatriés. Tout le matériel est resté sur place et a été brûlé. Parler de fuite pour nous serait très près de la vérité, je t'assure. Nous-mêmes n'avons plus revu le sac d'affaires personnelles laissé à la base d'embarquement. C'est ainsi, entre autres choses, que les pellicules prêtes à développer et nombre de lainages sont perdus... Mon appareil photographique qui était dans le sac Bergam a disparu aussi. Ce fut partout le pillage. »

Dans la débandade du départ, Éphraïm perdit lui aussi son carnet de bord et une lettre d'Eliana à laquelle il semblait tenir plus qu'à sa trousse de toilette. Réfléchissant à cet embarquement précipité, assimilable à une déroute, alors que l'ennemi était défait, il n'y voyait qu'une explication : malgré les communiqués rassurants, la France était en mauvaise posture, on rappelait de toute urgence les chasseurs pour les envoyer sur le front.

Rien de plus singulier que ce rapatriement de soldats crasseux, barbus, bruyants, harassés, à bord d'un paquebot de milliardaires. Selon les tempéraments, chacun s'installait avec colère, dégoût ou amertume. Mais tout de même, c'était un retour au pays, on était vivant et on allait revoir ce qui compte : des parents, une fiancée, un chien, une rue. Et d'abord on pouvait se laver avec du savon, se raser devant des miroirs plus grands qu'une carte à jouer, se piquer d'élégance et commencer d'avoir des souvenirs. Au repas : lapin en boîte, épinards, ananas, oranges, confiture de groseilles, thé chaud et pudding, un condensé de civilisation anglaise, apporté par un personnel habitué à servir des banquiers américains et des ladies.

Quand les hommes d'une section se retrouvaient au fumoir, ahuris par un luxe qu'ils n'avaient vu qu'au cinéma dans les films à téléphones blancs et baignoires pompéiennes, ils se regardaient en silence ou se lançaient d'un fauteuil de cuir à l'autre des remarques aussi fines que celle-ci : « Alors, Soqdeleau, tu regrettes toujours la cote 409 ? » ou encore : « Lieutenant, c'est ici qu'on creuse la neige pour cette nuit ? » Éphraïm allait sur le pont supérieur regarder la mer et il se demandait s'il reverrait bientôt Eliana, Bobette, Émilien et le vieil Armand.

Au cours de l'escale à Glasgow, Leruiss monta à bord en s'aidant de ses béquilles neuves. Bien qu'il fût à peine rétabli et qu'il eût perdu dix kilos, il avait demandé à être rapatrié avec les chasseurs plutôt que de rester à l'hôpital en Angleterre. Quand on vit qu'il cachait son pansement sous une capote et qu'il se montrait le pince-sans-rire de toujours, on lui fit une ovation. Éphraïm sympathisa avec lui.

Dans les dernières heures de la traversée, les soldats apprirent par la radio que l'Italie avait déclaré la guerre à la France et que les populations frontalières des Alpes devaient être évacuées. Décidément, de l'avis de tous, les choses tournaient mal. Si Mussolini donnait le coup de pied de l'âne, c'est que les blindés allemands n'avaient pas été arrêtés.

Une ouvreuse

Le gros du corps expéditionnaire français débarqua à Brest, où rien n'était prévu pour l'accueillir. Le paquebot qui transportait une partie du 14e bataillon fut dérouté sur Lorient. Il accosta au petit jour, le 14 juin, à l'heure même où les premiers blindés allemands entraient dans Paris par la porte de la Chapelle. La capitale avait été déclarée ville ouverte. C'était le chaos.

Éphraïm apprit la nouvelle de la défaite dans un café. Il était assis devant des bocks, en compagnie de son ami Leruiss, qui avait posé ses béquilles de bois blanc contre la table, et du caporal Soqdeleau, camarade précieux puisqu'il pouvait tenir le volant de n'importe quel véhicule motorisé, de la voiturette de sport au char de combat. Soudain, tout le monde sut que le pire était arrivé. Paris envahi ! Paris occupé ! Les Champs-Élysées remontés par les panzers ! « Merde, dit Leruiss, j'ai perdu ma guibolle pour des prunes ! — Ne pense pas qu'à toi, dit Soqdeleau. Moi, j'ai un frère à Billancourt. »

Dès l'après-midi, la moitié de la ville fut au

courant, l'autre non. Sur quelques chantiers, les ouvriers cessèrent le travail spontanément, ailleurs ils continuèrent. Dans une même rue, des commerçants attendirent la clientèle en se coupant les ongles derrière leurs caisses, d'autres mirent les volets de fer. Les jardins se vidèrent peu à peu. Les passants, de plus en plus rares, pressaient le pas. Éphraïm n'oublia jamais le visage d'une femme qui sanglotait devant un cinéma. Peut-être était-ce l'ouvreuse qui était sortie une minute pour respirer, il devait faire si chaud dans la salle ! Quand elle aperçut les jeunes gens en uniforme sur le trottoir, elle leur cria : « C'est comme ça que vous défendez Paris ? » Que lui répondre ? Qu'il n'y avait plus d'instructions, plus de consignes ? Que le train de munitions dont le bataillon avait besoin pour aller combattre avait été bombardé par l'aviation allemande ? Que la forêt des Ardennes avait été déclarée infranchissable par les mêmes qui n'avaient pas compris l'importance de l'aviation de chasse et des blindés dans la guerre de mouvement ?

Toute la nuit, sous le hangar où ils avaient posé leur sac — les casernes étaient bondées et il n'y avait plus un seul canapé de libre dans les hôtels —, les trois amis, écœurés et surexcités, échangèrent des confidences et tirèrent des plans sur la comète.

— Ce que nous avons connu jusqu'ici, c'était du perlimpinpin, dit Leruiss. Maintenant les choses sérieuses commencent.

— Mais pour toi la guerre est finie, dit Soqdeleau.

— Tu veux dire qu'un unijambiste ne peut plus tenir un fusil ?

Ils avaient respectivement vingt et un, vingt-deux et vingt-quatre ans. Leur expérience de la vie était différente. Avant la guerre, Leruiss avait travaillé comme aide-comptable dans le Vaucluse. Il avait découvert à l'armée ses talents de tireur que rien n'expliquait, sinon peut-être son amour du travail soigné. Marié à une dactylographe de Cavaillon, il s'inquiétait maintenant de savoir si elle apprécierait sa nouvelle silhouette. « C'est quelqu'un de très rigide, elle a horreur des changements et je crois qu'elle s'était habituée à dormir avec un bipède. »

Soqdeleau, qui vivait à Grenoble avec sa mère et la sœur aînée de sa mère, avait le projet de créer sa propre entreprise, garage ou auto-école. Ainsi aurait-il l'occasion d'essayer les derniers modèles de voitures, dès leur sortie. « Et toi, Bénito, demanda-t-il à brûle-pourpoint, à quoi rêves-tu quand tu ne dis rien ? On se le demande parfois. »

Éphraïm se montra plus réservé que ses compagnons. Évoquer Thélonia, Lise ou Bienvenu lui était impossible. Il ne tenait pas à parler d'Eliana ou d'Armand dont il était sans nouvelles depuis un mois, alors que Col-de-Varèse était peut-être sous le feu de l'artillerie italienne. Pour ne pas avoir l'air de se dérober, il décrivit à sa façon — que je ne saurais imiter — le domaine des Jardre tel qu'il était jadis, avant la guerre, il raconta ses longues marches dans la montagne, ses promenades en forêt, ses bivouacs près du col du Cadran, les chamois qu'on regarde de loin, les renardeaux qui jouent entre eux. Il suggéra qu'il allait diriger la propriété avec un vieux régisseur et il exposa son projet de téléphérique aérien qui permettrait aux gens d'en bas de venir skier sur les hauteurs pendant les congés payés.

— Un train suspendu ! dit Soqdeleau. Faut que les câbles soient solides ! J'aimerais voir ça autrement qu'en photo !

— Je vous inviterai chez moi pour l'inauguration.

— Dans ce cas, dit Leruiss, il faudra que j'apprenne le monoski.

Ils étaient jeunes. Ils avaient connu la peur, le froid, la douleur physique et la solitude. Ils avaient remporté une victoire sans lendemain. Mais ils étaient heureux d'être en vie. Ils prenaient la guerre au sérieux et disaient des plaisanteries. Ils n'arrivaient pas à dormir. Quand le jour se leva sur Lorient, ils parlaient encore de leurs projets, de leurs proches, des Allemands, et de tout ce qu'ils feraient une fois la paix revenue. Six mois plus tard, ils fondaient le réseau de résistance Narvik qu'Éphraïm dirigea sous le nom d'Hannibal.

Le voyage de guingois

Ce n'était pas seulement Paris qui était occupé. À l'ouest, l'offensive nazie menaçait Brest, Rennes, Nantes, Saint-Nazaire. Les alpins regroupés à Lorient savaient que les combats se rapprochaient. Ils demandaient à rejoindre le front, mais ils n'avaient reçu ni leur équipement ni leurs armes. Devant le danger immédiat, celui de grossir le nombre des prisonniers sans avoir combattu, ils furent démobilisés dans les faits, sinon officiellement. Beaucoup se précipitèrent à la gare où aucun train ne circulait. Quelques-uns cherchèrent en vain des autocars ou des taxis.

Éphraïm montra une fois de plus son intelligence du terrain. Au lieu de filer vers le sud, il se rendit à Concarneau avec ses deux camarades. Là, un patron pêcheur prit les jeunes gens à son bord et les conduisit à Arcachon, ville réputée pour ses huîtres, ses bains, son climat et le sentiment d'irréalité qu'elle inspire aux visiteurs. Pendant que des millions de réfugiés erraient sur les routes, les croupiers du casino mauresque, qui ne croyaient pas si bien dire, lançaient à des joueurs moroses, par-dessus le bruit des ventilateurs : « Rien ne va plus ! » Une rapide inspection des autos en stationnement dans le parc permit à Soqdeleau de « réquisitionner » une limousine à son goût. J'hésite entre une Delage à six cylindres, un modèle apprécié par les vedettes de cinéma, et une Panhard-Levassor jaune et mauve, pourvue du moteur sans soupapes Knight, un des plus silencieux de l'avant-guerre.

Ce fut le début d'un voyage de guingois qui dura cinq jours. Les paysages traversés semblaient dormir dans la lumière d'un âge d'or, forêts maritimes, villages de brique rouge, collines et coteaux ensoleillés, petits bois, clochers, enclos, champs de céréales, vergers. Mais partout, des colonnes de fuyards, des autos en panne, des camions abandonnés sur le bord des routes, des enfants frappés d'insolation et les profiteurs qui vendaient le litre de carburant au prix de l'eau de Cologne.

À Toulouse, au petit matin, les trois hommes se firent voler la berline par un gangster qui les avait vus entrer dans une boulangerie. Soqdeleau courut derrière l'auto jusqu'à la Garonne et revint deux heures plus tard, rouge comme un coq, au volant d'une Peugeot 302 noire, plus économique et moins voyante que la Delage (ou la Panhard).

La suite de ce long voyage en zigzag fut une succession de pannes et de tours de force pour se procurer de l'essence. À partir de Montpellier, Leruiss devint nerveux. À tout moment, il tirait d'une poche des carrés Zan et les enfournait dans sa bouche en faisant claquer sa langue de manière désagréable. Quand Soqdeleau, pour crever l'abcès, lui demanda ce qu'il avait, il éclata de rire en disant : « Le trac, comme avant toute première ! »

Il se calma spontanément à l'entrée de Cavaillon, ce qui impressionna ses amis. C'était le milieu de l'après-midi, l'heure chaude, trente-huit degrés sous les platanes, tous les volets clos, pas une chaise dans la rue. À l'instant où la voiture s'engagea au ralenti dans la cité somnolente, Leruiss s'essuya le front et les mains avec un mouchoir qu'il replia soigneusement. Sur le cours Victor-Hugo, déserté par les promeneurs, il salua de la tête les habitués du bar Palace qui sirotaient le pastis à l'ombre comme si l'enfant du pays n'avait pas perdu sa jambe dans le Grand Nord. « C'est là ! » dit-il, d'une voix tranquille, en montrant de loin une porte bleue comme il aurait désigné une cible avant de l'atteindre.

Soqdeleau rangea la voiture le long du trottoir, impeccablement. Leruiss serra les deux mains qui se tendaient, puis il ouvrit la portière et sortit avec ses béquilles. Éphraïm lui donna son sac de toile et le regarda disparaître dans un couloir. La porte bleue se referma.

Sur la route de Grenoble, la voiture tomba en panne. Soqdeleau la poussa au bord d'un champ et partit chercher de l'essence. Éphraïm préféra poursuivre à pied.

Il arriva de nuit, le lendemain, à Col-de-Varèse. Ciel étoilé. Grillons. Odeur des prairies de l'enfance, distincte de l'odeur de toutes les autres prairies. Sensations et souvenirs qui ne font qu'un. Perte et retrouvailles de soi. Rien n'avait bougé. Rien n'était ailleurs. Tout était là. Le pays de la naissance. Et la route dans les étoiles. La masse sombre des montagnes. La ligne des crêtes. Les vivants et les morts.

Il s'arrêta près d'un sapin dont une branche arrivait à son épaule. Il savait que la guerre n'était pas finie, qu'elle allait reprendre partout et qu'il se jetterait dedans de nouveau, avec son obstination de toujours, parce qu'il n'y avait aucun moyen de faire autrement. Mais il pensait aussi que la guerre est un carrousel de hasards et qu'il avait bien de la chance d'être vivant, alors que Bravillard et quelques autres reposaient dans un cimetière lointain. Cette chance, il la savourait pour la première fois depuis son départ de Norvège, à cause du ciel étoilé, des grillons, de l'odeur des prés et de la Maison haute, là-bas, devant ses yeux.

Un chien aboya quelque part et mit du temps à se calmer. Éphraïm consulta sa montre aux aiguilles phosphorescentes : trois heures et demie. Il n'avait pas froid, mais l'air était frais comme une herbe sur le visage. Bientôt le jour se lèverait, la longue échine des montagnes recevrait avant les hommes, avant la vallée, la nouvelle que le monde allait être baigné de lumière comme il l'avait déjà été, des millions de fois, avant que l'homme ne vienne souiller la neige, la terre, l'eau et sa propre destinée. Oui, mais que faire à présent que les divisions de panzers étaient parvenues jusqu'au Rhône? Où trouver des forces pour résister? Sur quoi prendre appui, sinon sur ce don que la nature nous a fait il y a longtemps : l'instinct de vie qui est passé à travers les plantes et les animaux sans se perdre, et qui nous a été confié dès le berceau pour tenir tête au froid, au vent, à la nuit et aux prédateurs ? L'offrande sauvage. « Quand, à la lisière des bois, je voyais surgir le renard qui partait chasser sous la lune, l'animal libre et dédaigneux qui ne peut compter que sur lui, je savais qu'il détenait quelque chose de ma liberté et de mon dédain. À lui aussi la vie faisait ce cadeau plus grand que la proie qu'il pourra tenir dans la gueule. Lorsque j'apercevais de ma chambre le vol en triangle des oies et que je criais de surprise et voulais savoir ce qui les poussait à partir, c'est alors que j'étais dans le vrai. »

Il s'avança vers la maison d'un pas décidé, balança son sac de toile par-dessus la balustrade, sauta sur la terrasse comme il faisait toujours quand il revenait, frappa doucement aux carreaux pour appeler Bobette ou Armand... et tira du sommeil Eliana, la mince Eliana qui l'avait attendu pendant des mois et s'était juré de l'épouser lorsqu'il reviendrait de Norvège, et qui, maintenant, serrée contre lui, riait de le voir si fort, si vivant, et pleurait pour le temps perdu.

CHAPITRE 14

En sens inverse

Je crois nécessaire à présent, malgré que j'en aie, de retrouver Monsieur Albert dont le rôle dans cette histoire n'est pas achevé, tant s'en faut. Au printemps 1938, sa position auprès d'Hortense avait été brusquement compromise par le coup de sonnette de quatre frangins en costume prince-de-galles, feutre moutarde à ruban noir et chaussures pointues comme des olives. Formés à l'école de Chicago, les visiteurs l'invitèrent à déguerpir avant minuit et répondirent à ses objections en pointant sur son gilet de soie lie-de-vin quatre de ces coûteuses berettas à manchon refroidisseur et double détente qu'on allait bientôt revoir dans les mains des soldats de Mussolini. Ne disposant pas d'arguments aussi décisifs, le souteneur s'empressa de conduire sa mère dans un hospice avant de quitter la ville avec la perruche irascible, sans rien emporter d'autre, semble-t-il, qu'un laguiole de huit centimètres de lame, un flacon d'acide sulfurique à forte concentration, une courte matraque en caoutchouc noir et des comprimés de poudre de Cock, recommandés pour les brûlures d'estomac.

Comme chacun revient à ce qu'il réussit le mieux, Monsieur Albert ne resta pas longtemps sans dégotter une âme en peine qui lui permit d'être reçu par la meilleure société dans une ville de l'Est dont je tairai le nom pour ne pas nuire à son image. La police locale ferma les yeux. Mais la brigade des mœurs mit fin à l'ascension du proxénète qui se vit proposer un séjour de longue durée à la Santé, au terme d'un débat contradictoire. Sa bonne conduite permit au détenu Albert-Clovis Ratavin d'être libéré quelques jours après la percée des Ardennes, le 18 mai.

C'était le printemps à Paris. À la terrasse des cafés, les femmes portaient des robes à fleurs qui ne pesaient rien. Les crieurs de journaux gueulaient la nouvelle du jour. Pétain, vice-président du Conseil! Monsieur Albert ne faisait pas de politique et n'avait d'ailleurs pas de quoi s'offrir le journal. Dans ses habits d'hiver en drap bleu marine, il transpirait comme un escargot et se méprisait.

Une courte visite à Pigalle lui fit comprendre qu'il n'était pas de taille à déloger les nouveaux seigneurs de la rue, formés eux aussi, comme dans le Sud, aux méthodes américaines. Il se crut sorti d'affaire quand il croisa sur le boulevard de Rochechouart une prostituée du nom de Prune qu'il avait initiée à la profession, dix ans plus tôt. Un beau souvenir! Même qu'une fois il l'avait brûlée au ventre avec un cigare parce qu'elle était lente à obéir. Prune mit du temps à reconnaître son premier employeur à cause de son œil fermé, de sa calvitie et de son veston taché d'œuf. Bonne fille, elle l'entraîna dans un bar de la rue Blanche et lui offrit un panaché avec des croissants en disant qu'elle était bien aise de le revoir, il lui rappelait les bêtises de sa jeunesse. Mais elle s'étrangla de colère quand le revenant lui proposa de renouer dans les conditions de jadis.

Pour la première fois de sa carrière, Albert — que personne désormais n'appelait Monsieur — dut dormir dans le métro, comme les clochards, à la station Bertin-Poirée parce qu'elle donnait sur les Halles où l'on peut toujours se nourrir avec les trognons de choux, les fruits pourris et la rincette des cafetiers. Le lendemain, l'estomac en capilotade, il traîna sa mauvaise humeur vers les quais où une grand-mère, le voyant si mal en point, lui glissa des sous dans la paume par charité. C'était un début. Il continua de tendre la main et put commander un sandwich arrosé de vin de pays. Au comptoir, quelques ouvriers affirmaient que les Allemands fonçaient sur Paris. Il suivit machinalement une veuve qui se dirigeait vers Notre-Dame, mais il la perdit de vue sur le parvis où la foule était énorme. Que se passait-il ? Un Te Deum ? Non : la préparation d'un miracle !

Pour remplacer les divisions blindées que le colonel de Gaulle avait réclamées vainement, Paris sortait son arme secrète : les reliques de sainte Geneviève qui avaient déjà arrêté Attila ! En présence de Paul Reynaud, de Pétain et des principaux membres du gouvernement, une délégation des scouts de France, précédée de la grande croix du chapitre et du clergé en chape et en dalmatique, descendait lentement la nef en exhibant la sainte châsse. Le maréchal lui-même s'inclina tandis que les fidèles à genoux invoquaient les secours de saint Michel, de saint

198

Denis, de saint Marcel, de saint Rémy, de sainte Jeanne d'Arc et de la vierge de Lutèce, patronne et protectrice de Paris.

Sur le parvis ensoleillé, la foule debout, anxieuse, reprenait les litanies avec une égale ferveur. Quelques femmes s'évanouirent. Albert accusa les gaines trop ajustées, compte tenu de la chaleur, et il s'invita comme bénévole pour faire sauter les boutons. Dans les moments d'urgence sentimentale, il retrouvait une séduction de Samaritain en même temps que son autorité d'expert en matière de corset.

Après la cérémonie, la foule tarda à se disperser, malgré les injonctions des agents de ville. Comment s'en retourner chez soi l'âme sereine alors que l'approche des Allemands paraissait inéluctable. Certes, les saints étaient prévenus, mais que pouvaient-ils contre les tanks ? Privés d'informations crédibles, les gens avaient besoin de se parler, de se rassurer, de vérifier que le pire se s'était pas déjà produit, ce qui était le cas. Un homme en manches de chemise, barbichette jaunie par le tabac, qui prétendait avoir des nouvelles du front par son gendre et qui était peut-être un provocateur, racontait la fuite des populations devant l'ennemi, l'épouvante qui gagnait les petites agglomérations. « Les femmes courent dans tous les sens, rassemblant les bijoux, les peignes, les gosses, les matelas, les poupées, le chat, la pendule, le canari ; les hommes jettent ce fatras dans une voiture ou un charreton, et toute la famille part sur la route avec quelques provisions sans savoir où elle dormira, ni où elle va... Même les paysans quittent leurs fermes en prenant trois poules et quatre lapins, en laissant les veaux et les porcs... »

— Et les commerçants d'articles de luxe? demanda Albert, froidement.

— Toujours les premiers à partir.

Pour le voyou, ce fut une illumination. Il existait donc, à proximité de Paris, un pays de cocagne abandonné par ses habitants, un eldorado protégé par des cadenas et offert au premier venu qui n'aurait pas peur de la canonnade. Il imagina des appartements désertés et silencieux, des meubles qui s'empoussiéraient lentement derrière des persiennes closes, des tapis qu'on avait roulés contre les murs, des collections sous des vitrines. Dans l'affolement du départ, comme à Pompéi lorsque les détonations du volcan provoquèrent un sauve-qui-peut général et que les chiens commencèrent d'étouffer sous la cendre tombée du ciel, chacun emporte les biens précieux, les bijoux, les montres, l'argenterie, la soupière de porcelaine, la verrerie en cristal de Murano, dont on n'osait pas se servir. Les objets sont rassemblés dans des cartons, on les cale avec des lainages, faute de paille. Au dernier moment, il s'avère qu'il n'y a plus de place dans la remorque et le temps presse, il faut laisser le butin familial et se contenter de quelques babioles choisies. Et c'est là qu'on assiste à des scènes de pur délire. Un célèbre baryton serre contre lui un poupon chauve qu'il dit être sa mascotte; un sportif classe des timbres, une mère de famille nombreuse des partitions; un avocat, connu pour la causticité de son esprit, perd un temps précieux à retrouver l'insigne de son club, alors qu'il y va deux fois par an et qu'il sera tué avant la nuit. Une jeune fille s'attarde près d'une fourrure qu'elle doit abandonner.

Albert, qui avait toujours exploité le malheur

des autres, se représenta en un instant tout ce que la détresse à grande échelle pourrait offrir comme compensation à ses déboires. Il commença par voler une bicyclette près du quai aux Fleurs, un modeste vélo de dame, bas de selle et haut de guidon, avec un panier accroché au porte-bagages, bien utile pour les emplettes. Quoiqu'il n'eût pas une grande habitude de ces engins, il maîtrisa la bécane sans trop de mal et partit vers son destin en louvoyant, car il faisait chaud à crever, il avait la tête vide, l'estomac brûlant et mal aux mollets.

Pendant trois semaines, le cycliste prit à rebours le flot chaotique des réfugiés, il remonta des files interminables de voitures, de charrettes, de charretons, il croisa des malades qui suffoquaient, des vieux qui regrettaient d'être partis et répétaient qu'ils auraient préféré mourir chez eux. Ce spectacle, qu'il observait par-dessus le guidon, en ricanant, l'encourageait à poursuivre dans la voie qu'il avait choisie, sans se laisser amollir par les récits répétitifs dont des bribes lui parvenaient, bien malgré lui, à chaque arrêt. Il n'était pas moins en danger que les fuyards, il connut les bombardements et l'attente dans les fossés, la dysenterie et la soif, il creva et dut réparer avec des moyens de fortune, mais il eut des satisfactions ! Dès le troisième soir, éclairé par un chandelier à sept branches qui trouait la pénombre de ses sept flammes, il mangea dans de la faïence de Delft, vida une bouteille de bourgogne, joua au billard jusqu'à l'extinction des chandelles et dormit à plat ventre dans un lit frais, la bouche sur un oreiller large et mol, où traînait un parfum précis de vanille. Au réveil, après un bain froid, il opta pour le pantalon de golf, la chemisette et les socquettes de coton, les sandales de franciscain; et il but le thé au balcon en écoutant miauler les chats que personne ne nourrissait.

Il n'était pas casanier ni routinier, et restait rarement plus de deux nuits dans les maisons où il s'introduisait en cassant les poignées de porte ou en défonçant les serrures. Quand il avait fouillé les armoires, jeté à bas les tiroirs des commodes pleines de linge, pénétré les secrets qui imprégnaient les boiseries, il brisait les miroirs à coups de chaise, bouchait les toilettes avec les albums de famille et cherchait une autre résidence à dévaster. À mesure qu'il se rapprochait du front des combats, son ulcère se refermait, ses joues reprenaient des couleurs, il n'avait plus honte de lui.

Croyez-moi. L'enfer appartient de plein droit à ceux qui s'y plaisent. Un matin, alors qu'il prenait le thé en pyjama de soie dans le jardin d'une villa de notaire, une bombe tomba sur la propriété mitoyenne. Le souffle projeta Albert dans les rosiers, cul par-dessus tête. Il se releva prestement, retira une à une les épines plantées dans ses mains et reprit courage en découvrant que la théière était intacte et le thé tiède. Maintenant qu'il était habitué au grondement des bimoteurs et aux explosions des obus, il ne faisait pas plus attention au passage des blindés sur un boulevard que l'employé du chemin de fer à la circulation des trains de nuit.

Il entra dans les faubourgs de Laon quelques heures après le bombardement de la ville. De longues mèches de fumée noire souillaient le ciel. Un entrepôt achevait de brûler. La carcasse d'un cheval barrait un trottoir. De part et d'autre d'une chaussée défoncée, les façades noires se succédaient. Dans l'étroit jardin d'un pavillon sans vitre ni porte, un vieux cerisier en fin de carrière donnait les premières cerises rouges de la mi-juin. Albert en mangea plus qu'il ne convenait à son estomac. Ce fut le seul malaise de la journée. Pour le reste, il s'était rarement senti aussi bien.

Devant lui s'ouvrait une rue dont tous les édifices étaient éventrés, à l'exception d'une demeure à deux étages. Les fenêtres sans carreaux laissaient voir de grandes pièces, meublées avec goût. Un grondement se rapprochait : le dernier passage d'une escadrille qui lâcha ses bombes plus loin. C'était le milieu de l'après-midi. Albert avait faim, soif et sommeil. Il abandonna son vélo et pénétra dans la maison.

Il y resta deux jours en compagnie d'une servante à l'esprit un peu dérangé que ses patrons avaient oublié d'amener. La femme était grasse, douce, patiente, elle ne posait pas de questions et chantonnait pendant les viols. Quand il lui brûla la pointe des seins par désœuvrement, elle cria, puis lui présenta ses excuses. Il lui glissa la tête dans un sac et il l'étrangla avant de partir.

Le même jour, il fut arrêté dans la rue par une patrouille allemande et conduit à la citadelle. Il crut qu'il allait être fusillé comme pillard, mais on le prit pour un soldat qui se serait débarrassé de son uniforme. Mêlé à sept ou huit cents prisonniers qui appartenaient à des régiments différents, il eut la surprise d'entendre un officier déclarer dans un français impeccable :

— Je suis le capitaine Ernst Jünger. Vous serez traités conformément aux lois de la guerre. Je parle des lois en vigueur dans les pays civilisés.

Après ce préambule rassurant, l'auteur des

Orages d'acier, qui méprisait la vulgarité des nazis mais devait son commandement à Hitler, demanda aux Alsaciens de servir d'interprètes à leurs camarades. Puis, toujours en français, il posa une question qu'il n'a pas dédaigné de noter dans son *Journal* à la date du 12 juin :

— Qui, parmi vous, sait préparer une sole meunière ?

Albert ignorait tout de cette préparation. Mais quand le diable (qui n'oublie jamais les siens) vous offre une seconde chance... Sans trop y croire, il leva la main en même temps qu'une foule de prisonniers. Et ce fut lui que le célèbre capitaine, après un examen rapide des volontaires, choisit pour sa propre table.

Il semble, d'après d'autres pages du *Journal,* que les relations de l'écrivain et du cuisinier s'établirent dans la séduction réciproque, avec toute l'ambiguïté des rapports de vainqueur à vaincu, jusqu'au jour où le domestique cessa de plaire et fut jeté à la rue. Mais ceci est une autre histoire, que je ne raconterai pas...

CHAPITRE 15

Lune et taureau

Le mariage d'Éphraïm et d'Eliana fut célébré en novembre 1940, dans l'église de Col-de-Varèse. L'époque ne se prêtait pas aux réjouissances. Aussi la cérémonie fut-elle brève. Il n'y eut pas de haie d'honneur ni de demoiselles portant la traîne de mousseline, pas de riz blanc jeté à la volée sur le parvis. La robe de la mariée, c'était son costume de bal dépouillé de ses crinolines.

En ces temps de restrictions, où même les pommes de terre devenaient rares, les quelques personnes invitées semblaient s'être donné le mot pour contribuer au festin. Soqdeleau retira un jambon des sacoches de sa moto. Les deux sœurs d'Eliana, qui se haïssaient, avaient eu la même idée de recette empruntée à *Marie-Claire* : des crêpes de rutabaga ! Vlad Cassebois apporta un coq vivant qui lui ressemblait. Tire-Loup puisa dans ses réserves de chianti de contrebande et de petits cigares noirs. Leruiss, qui était arrivé la veille par l'autocar en compagnie de son épouse, et qui faisait sensation avec son pilon en châtaignier, offrit un service à café turc et une caissette de moka qu'il avait obtenus à Marseille, cours Belsunce, de manière peu orthodoxe. Quant à la fidèle Bobette, elle fut traitée de sorcière pour avoir confectionné des dragées sans sucre et des babas au rhum sans rhum ni farine.

S'il est permis à un vieux garçon comme moi d'aborder un thème qui le dépasse, je crois qu'il y a un fond de tristesse dans toute noce. Pourquoi, à l'église, Eliana a-t-elle essuyé une larme furtive de son doigt ganté de filoselle ? Pourquoi voit-on maintenant Éphraïm repousser son assiette à dessert et fumer son premier cigare, les yeux dans le vague ? Certes, la larme de la mariée séchera plus vite que son bouquet. Et l'apprenti fumeur aura bien des occasions de brûler un tabac plus âcre. Mais tout de même, d'où vient cette mélancolie des jeunes gens qui paraît déplacée en ce jour de fête ? Auraient-ils l'intuition que la plus grande joie ouvre un guichet sur le pur désenchantement ? Auraient-ils l'oreille assez fine pour entendre au seuil de la félicité la voix secrète qui murmure : « Tu ne connaîtras rien de mieux que cette journée ! Ce n'est que cela, ton bonheur ! »

Croyez-moi. De tels sentiments font honneur à l'humanité qui naquit, si j'ai bien compris, il y a plusieurs millions d'années, de la déception de l'animal. Rien ne me touche plus, je l'avoue, chez Éphraïm, que cette pointe de tristesse au cœur des plaisirs ; rien, sinon sa détermination et sa gaucherie au moment où il saisit la tendre Eliana par la taille et ouvre le bal avec elle, au milieu des acclamations.

En un instant, la longue table du repas a été repoussée contre les murs, les musiciens ont sorti leur accordéon. Il est prévu que les tangos seront pour Armand, les romances napolitaines pour Tire-Loup. Mais c'est ensemble qu'ils commencent, par une valse comme il se doit, une valse lente à laquelle succède un slow qui permet au jeune Éphraïm de plonger légitimement ses yeux bleus dans le lac des yeux qui l'admirent, de respirer légitimement le parfum de la bien-aimée.

Les invités s'étaient levés pour applaudir et voilà qu'ils sont emportés à leur tour par la musique. Le premier, Cassebois empoigne la sèche madame Leruiss et l'entraîne dans une rumba. Soqdeleau hésite entre les deux sœurs, car il plaît à l'une et c'est l'autre qui l'attire. Émilien lorgne Lucrèce qu'on a engagée en extra. Et Leruiss, qui a été un danseur fameux avant Narvik, pivote sur son pilon dans les bras de la cuisinière.

Ainsi, tout l'après-midi, les airs se succèdent, les couples tournent, on débouche des bouteilles de mousseux, on se dit à l'oreille des mots qui ne laisseront pas plus de traces dans les archives que les « je t'aime » au rouge à lèvres sur les miroirs, et les heures filent, le soir arrive. Personne, en dehors du vieil Armand, ne remarque les flocons qui tombent sur la terrasse. C'est une neige molle, mouillée, qui ne tiendra pas, mais qui brouille le regard. Madame Leruiss, à qui rien ne plaît, dit qu'elle a froid. Émilien jette un demi-tronc d'arbre dans le feu. Tire-Loup chante un épithalame qu'il dédie aux mariés. Soqdeleau hésite encore.

Jeune taureau, taureau noir,
tu n'as qu'un seul cœur et deux cornes,

un mufle et quatre sabots
pour lutter avec le soleil.

Mais la lune a vingt-huit visages,
vingt-huit cornes, vingt-huit sabots,
et change d'humeur tous les soirs.

CHAPITRE 16

Agenda

Je passerai rapidement sur les quatre années qui suivirent et m'en tiendrai aux faits que j'ai appris de source sûre.

Mars 1941. Eliana donne le jour à deux jumeaux en bonne santé. Les garçons ont les yeux clairs, les cheveux couleur de tilleul. Éphraïm met en place le réseau Narvik.

Avril 1941. Le nouveau curé de Col-de-Varèse, le père Bonnel, un résistant, baptise Bienvenu et Fortuné. Éphraïm, sous le nom d'Hannibal, entre en contact avec les maquis du Vercors et du Beaufortain. Séjours fréquents de Leruiss à Marseille.

Juin 1941. Soqdeleau enseigne la conduite automobile à son ami. Il lui procure une voiture. Les deux hommes stockent des armes dans la cabane de l'intendant, sur les hauteurs des Adrets. Eliana participe aux opérations.

Avril 1942. Naissance de Lise, sœur de Bienvenu et de Fortuné. Armand quitte la Maison haute et s'installe dans une ferme des Jardre, à cinq kilomètres du village. Le logement qu'il occupait devient la chambre des jumeaux.

Août 42. Armand conseille à Éphraïm de se séparer de sa famille pour ne pas la mettre en danger. Soqdeleau propose un appartement à Grenoble. Eliana refuse.

Novembre 42. Éphraïm découvre que Vlad Cassebois appartient à la Milice. Il conduit son épouse et leurs trois enfants à Cavaillon où Leruiss leur a loué un appartement sur le cours Victor-Hugo, à cinq cents mètres de chez lui. La jeune femme apprend l'anglais et la dactylographie.

23 janvier 1943. Leruiss échappe de justesse à la grande rafle de Marseille. Six mille personnes sont déportées.

1er-15 février 1943. Destruction du quartier Saint-Jean à Marseille. Les vingt-cinq mille habitants sont évacués, internés ou mis dans des camps. Lettre d'Éphraïm à Eliana : « J'ai rêvé de toi cette nuit. C'était l'été. Nous marchions vers le col du Cadran. Je portais la petite Lise sur les épaules. Les jumeaux couraient devant nous. Soudain un pan de la montagne s'est effondré, nous avons été séparés... »

Octobre-novembre 1943. Éphraïm quitte Col-de-Varèse et s'installe clandestinement aux Rondins. Le jour des morts, une colonne allemande pénètre dans le village. Toutes les mai-

210

sons sont fouillées. Lucrèce gifle un officier. Elle est arrêtée. Son corps sera retrouvé deux jours plus tard sur la route du pré de Corche.

Décembre 1943. Éphraïm ne peut se rendre à Cavaillon comme prévu. Eliana fête Noël avec ses enfants et madame Leruiss.

Printemps 1944. Les partisans du groupe Narvik rejoignent les maquis du Beaufortain et se placent sous les ordres du capitaine Bulle. À partir du mois d'avril, Leruiss, installé au col du Pré, s'occupe de l'entraînement au tir des maquisards. Le 10 juin, Soqdeleau capte sur Radio-Londres les vers de Verlaine qui annoncent le débarquement en Normandie : *Les sanglots longs/ des violons/ de l'automne/ bercent mon cœur/ d'une langueur/ monotone.*

Été 1944. Parachutages d'armes dans les Alpes. Le 14 juillet, opération « Cadillac » sur le Vercors, suivie d'atroces représailles. Le premier août, opération « Buick » au col des Saisies. En plein jour, 78 bombardiers partis d'Angleterre larguent des mitraillettes Stern, des fusils-mitrailleurs, des grenades Mills et Gammon, des bazookas, des cartouches, des explosifs, des revolvers, des faux billets de banque et quelques caisses de chewing-gums. Sept parachutistes viennent renforcer les partisans. Le sergent des « marines » Charles Perry s'écrase sous les yeux de Soqdeleau. Il est inhumé dans un drapeau américain que les femmes ont confectionné avec la toile du parachute et des bouts d'étoffes. Éphraïm est chargé de la distribution des armes à tous les maquis, laquelle se fait pour l'essentiel à dos de mulet.

20 août. Assassinat du capitaine Bulle qui s'est rendu à la Kommandantur d'Albertville pour négocier un retrait sans effusion de sang des troupes allemandes.

25 août. Libération de la Tarentaise et du Beaufortain. Violents combats au pré de Corche. Dans le portefeuille d'un soldat qu'il a tué, Éphraïm découvre, recopié à la main, le début d'un poème de Rilke.

> *Berge ruhn, von Sternen überprächtigt;*
> *aber auch in ihnen flimmert Zeit.*
> *Ach, in meinen wilden Herzen nächtigt*
> *Obbachlos die Unvergänglichkeit* [1].

Septembre 1944. Retour d'Eliana et des trois enfants à Col-de-Varèse.

Le merle

Il ne fut pas facile pour Éphraïm de revenir à une existence normale, composée de jours ordinaires, de nuits et de souvenirs partagés. Pendant des années, il avait respiré l'air empoisonné de la guerre, il avait aimé le danger et s'était accoutumé à la solitude; il avait vu quelques camarades mourir et les autres s'entourer de petites superstitions, à base de chiffres, de dates, de prières ou d'exorcismes. Leruiss, par exemple, ne touchait jamais un fusil sans s'être longuement essuyé les mains. Soqdeleau, quand la peur le paralysait, s'imaginait au volant de la

---

1. « Les montagnes reposent sous une splendeur d'étoiles, mais en elles aussi repose le temps. Ah! dans mon cœur sauvage et sombre, l'immortalité dort sans abri. »

Lincoln Continental à freins hydrauliques Bendix, la voiture des présidents! Éphraïm, lui, s'était forgé la conviction qu'il avait un destin à accomplir et que la mort ne voudrait pas de lui si tôt. Illusion? Délire? Vanité? Avant tout, un moyen de ne pas céder à la panique et de garder la tête froide sous la mitraille. Soit! Mais cela, c'était du passé. À présent que la victoire était acquise, il découvrait avec une sorte de honte qu'il s'était accommodé de la démesure, et qu'il avait presque oublié ce pourquoi il s'était battu.

Il se trompait, naturellement.

Il n'avait rien oublié, rien renié : il avait remis à plus tard les innombrables petits bonheurs qui, du premier flocon sur la joue aux lueurs du soleil couchant, valent mieux qu'une balle de fusil. En attendant, il ne savait pas lui-même pourquoi, dès le matin, il était si sombre, si mécontent. Dans la journée, tous constataient qu'il brûlait beaucoup d'énergie, qu'« il se démenait » selon l'expression de Bobette, mais on voyait aussi qu'il s'irritait à la moindre contrariété comme un homme qui pense vite au milieu de gens qui ruminent trop lentement. Et, quand il était enfin seul, le soir, sur la terrasse, il ne faisait rien d'autre que de fumer les cigares de Tire-Loup et de regarder la brume sur la montagne, ou les étoiles quand le ciel était dégagé. C'était à croire que, par une fatalité absurde et tenace, maintenant qu'il avait la responsabilité du domaine — et bientôt celle du village — le jeune Jardre (comme on l'appelait désormais) se comportait comme le vieux.

Croyez-moi. Personne ne sort indemne d'une guerre, qu'elle soit gagnée ou perdue. Une nuit, s'étant réveillé près d'Eliana qui dormait calmement, il se rappela le visage du soldat qu'il avait

tué au pré de Corche, son regard surtout, surpris, affolé, puis épouvanté, un regard qui disait
en se brouillant : « Pourquoi m'avoir tué ? Est-ce
donc à moi de mourir ? J'avais encore tant de
choses à faire ! Rien, pour moi, n'avait
commencé ! » Le soldat avait l'âge d'Éphraïm.
Peut-être était-il convaincu, lui aussi, que son
destin n'était pas accompli et que la mort l'épar-
gnerait. Peut-être avait-il lui aussi une Eliana
qu'il comptait rejoindre quand la guerre serait
finie. Sur le coup, tout s'était joué très vite,
comme chaque fois, dans ce temps démesuré-
ment dilaté du danger de mort où les actes
s'enchaînent d'eux-mêmes hors de toute consi-
dération. Il faisait chaud. Éphraïm rampait vers
les arbres qui bordent le pré de Corche. Soudain, un bruit de branches cassées près de lui,
un merle qui prend son essor, et la silhouette
casquée qui se montre, se croyant encore à
l'abri.

Il avait tiré.

Une seule fois.

Le soldat avait basculé en arrière mais ne
s'était pas écroulé, il était tombé assis contre un
arbre. Éphraïm, sans lâcher le fusil, avait
pensé : « Je n'avais pas le choix, il le fallait,
c'était lui ou moi. » Puis, devant lui, dans une
flaque de soleil, il avait aperçu un jeune homme
au front couvert de gouttelettes de sueur, qui le
regardait. En Norvège, il avait tué d'autres Allemands, mais sans les voir. Là, devant ce visage
si jeune, que la mort dépouillait de toute opinion, une pensée nouvelle l'avait accablé : « Lui
n'aurait pas tiré sur moi. N'était-il pas prêt à se
rendre ? Pourquoi l'avoir tué ? »

Cette année-là, sauf erreur, la neige d'automne tomba en abondance dans le pays. Puis il y eut, vers la mi-décembre, une semaine de grand beau temps. Éphraïm en profita pour visiter les chalets d'alpage qui tombaient en ruine après des années de négligence. Le plus souvent, il partait à skis de bonne heure et revenait au coucher du soleil, mourant de faim. Dès le deuxième jour, son humeur s'améliora, on le vit plaisanter avec Bobette, saisir par la taille Eliana et l'embrasser publiquement, ce qu'il n'avait jamais osé. Le soir, il jouait au petit train avec les jumeaux qui refusaient d'aller dormir.

Un matin, peu avant Noël, alors qu'il se dirigeait vers un gîte où il avait entreposé des munitions, une avalanche se déclencha derrière lui. Par chance, il ne fut pas rejoint par la coulée, mais l'effet de souffle le projeta dans la neige vierge avec la violence d'un ouragan. Il se retrouva couché sur le dos, les bras autour de la tête et la tête plus basse que les genoux. Il n'avait mal nulle part mais il se croyait en Norvège. Oui, par un caprice de la mémoire, l'air humide qu'il respirait évoquait la senteur aigre des bouleaux mêlée à l'odeur du cuir mouillé et des vêtements couverts de boue; et de loin, de très loin, à travers le silence de la montagne, lui parvenait le crépitement des armes automatiques. C'était le tic-tac de sa montre contre l'oreille.

Après un temps que les aiguilles mesurèrent avec précision, mais dont il n'eut aucune idée, il se redressa, regarda autour de lui, découvrit Col-de-Varèse dans le lointain. Alors il sut que la mort l'avait épargné, une fois de plus, et il eut de la gratitude pour la gitane dont les prédictions se confirmaient. Il pensait, je suis en vie, rien n'est perdu, il est temps que les morts m'oublient et que j'aille où me mènent les sensations. Et, tandis qu'il essuyait avec ses gants la neige collée sur les lunettes de soleil, il se rappelait l'odeur des seins d'Eliana et ses cuisses contre les siennes, et ses baisers au milieu de la nuit, une giboulée de baisers rapides comme des grêlons, soyeux comme des coquelicots. Une phrase de Platon qu'il avait lue au séminaire sans la comprendre s'imposait à lui tout à coup : *Le commencement est comme un dieu qui, aussi longtemps qu'il séjourne parmi les hommes, sauve toutes choses.* Voilà la pensée qui lui avait manqué, la devise qu'il devait prendre.

Il regarda vers Col-de-Varèse où tant de commencements l'attendaient, il s'appuya sur les bâtons et s'élança, le cœur léger, dans le soleil.

CHAPITRE 17

Changements à vue

En avril 1945, Éphraïm fut élu maire de Col-de-Varèse, dès le premier tour. C'est donc lui qui eut la charge de créer la station de ski que nous connaissons aujourd'hui; lui qui fit adopter par le conseil municipal, à l'unanimité moins une voix, la construction du téléphérique des Adrets. Cependant, que cette justice lui soit rendue, il ne fut pour rien dans le désastreux changement de nom du village, « œuvre » de son successeur à la mairie.

Je ne crois pas qu'il y ait eu, dans la vie d'Éphraïm, de période plus active que les deux années qui suivirent son élection. Il avait affiché dans son bureau, au-dessous de la Marianne, la phrase énigmatique de Platon et il la méditait tous les matins avant de se mettre au travail. Il lui arrivait aussi de la faire lire à ses interlocuteurs (quand ils n'étaient pas analphabètes), ce qui les plongeait dans de grandes perplexités. Soutenu par Armand, son premier adjoint, et par Eliana bien entendu, il mena de front, avec un succès égal, plusieurs vies apparemment contradictoires, et il passait de l'une à

217

l'autre au cours d'une même journée sans donner de signe de lassitude.

Il s'était remis à dessiner avec une ardeur intacte, si bien qu'il n'était pas rare à présent de le voir crayonner le visage d'un fermier pendant une réunion. Lorsque les séances traînaient, il réveillait les somnolents en faisant circuler leurs caricatures ou il se levait théâtralement et récitait une page de l'*Odyssée*. Les Varésiens se sentaient fiers d'avoir pour représentant un homme pourvu d'une telle mémoire et ils lui pardonnaient ses lubies. Je suppose qu'on doit classer parmi ces dernières son projet de « bibliothèque mobile » et la transformation du grand pré en piste de luge. Cet aménagement, critiqué par les inévitables rabat-joie, fut plébiscité par tous les enfants du village. Il est à noter que monsieur le maire en personne, dès qu'il avait un moment, venait encourager ses propres champions, la petite Lise, Bienvenu junior et Fortuné, qu'Eliana entendait rire et se chamailler de la terrasse.

Ainsi, en quelques mois, Éphraïm avait bien changé. Fini le temps où les jumeaux le dérangeaient lorsqu'ils venaient buter dans ses jambes. Maintenant il n'a plus envie de fumer seul face à la nuit, et, pour rien au monde, même s'il a des invités, il n'écourterait le conte qu'il lit chaque soir à haute voix entre les petits lits avant de baisser la lumière.

Eliana aussi a changé. Jusque-là, elle avait montré une prédilection pour le clair-obscur et s'était toujours tenue en retrait des événements qu'elle suscitait, c'est pourquoi je l'ai comparée à la fouine capable de vivre sous notre toit sans manifester sa présence autrement que par de furtives comparutions. Cette époque est loin.

Les années de guerre ont fait comprendre à madame Jardre que le bonheur aussi est une guerre, une guerre contre soi-même. Quand elle a fini de s'occuper des trois enfants, de les laver, de les vêtir, de les gronder, de les caresser et de leur proposer des jeux, Eliana cherche dans les miroirs la jeune fille qui jonglait avec des balles de tissu. Elle seule, à présent, pourrait entrevoir, au-delà de son propre visage, l'adolescente qui voulait devenir artiste de cirque et qui avait sauté dans la carriole du fermier pour aller à Col-de-Varèse. Et elle la voit, en effet, à certains moments, au prix d'un effort que j'admire. Elle est là-bas, au fond du regard, la troisième fille de Vlad, prisonnière des sentiments, bien que toujours libre, croit-elle, de bondir par-dessus les obligations pour jongler avec la vie. Mais le serpent peut-il rentrer dans la peau qu'il a quittée? Du nid de l'an dernier, même le coucou ne veut pas.

La petite Lise a crié. Eliana regarde les jumeaux qui se disputent sur la terrasse et elle revient à la vie qui lui est assignée par un croisement de hasards, d'abandons et de volontés. Dans la lumière blanche de décembre, les trois enfants, emmitouflés comme des Esquimaux, font plus que de résumer son bonheur : ils sont la beauté du monde, tout simplement. La beauté du monde.

Le soir, étendue à côté d'Éphraïm, elle lui mordille l'épaule et lui demande dans le noir :

— Quand as-tu compris que tu étais amoureux de moi?

— Le jour où tu essayais la robe devant la glace que je tenais.

— Et avant?

— J'étais innocent.

— C'était donc une faute de m'aimer?

— Pour moi, oui.

— Mais Bienvenu souhaitait que tu m'épouses!

— Cela ne change rien.

Elle allume la lampe de son côté, repousse les draps et prend son temps. Elle croit le moment venu de dire un secret qu'Éphraïm ne soupçonne pas et qui l'apaisera, pense-t-elle. Mais qu'est-ce qu'elle en sait?

— Crois-tu que je pourrais aimer un homme qui ne se ferait pas des reproches?

Plus fort si on le souhaite

Le directeur d'un cirque ambulant demanda l'autorisation de planter son chapiteau sur le pré de Corche. La tente de toile rouge fut hissée autour du grand mât par tous les hommes de la troupe, y compris le clown et le lanceur de navajas. Plus tard, on vit s'installer en demi-cercle les fourgons roulants où des fauves, qui supportaient mal l'air froid de janvier, se pelotonnaient dans la paille. Au milieu du rond des roulottes disposées près de la rivière, se dressa la silhouette d'un éléphant qui balançait sa trompe désœuvrée au-dessus de l'herbe sans intéresser son compagnon de servitude, un chameau dont les bosses molles pendaient comme des outres sur un tapis. Derrière les barreaux des cages étroites, quelques léopards somnolents, des aras et des ouistitis proposaient un abrégé de la diversité du monde et de la cruauté des humains.

Il n'y a rien de plus triste, selon moi, que la détention des animaux qui tirent leur splendeur de leur adaptation à la vie sauvage. Je ne crois pas que la curiosité à l'égard des êtres vivants justifie le spectacle de leur déchéance et de leur chagrin. Cependant l'arrivée d'un cirque et de sa ménagerie constituait une première dans l'histoire de Col-de-Varèse et personne ne voulait rater l'événement.

Trois représentations étaient prévues. La dernière eut lieu un dimanche, au milieu de l'après-midi. L'air depuis le matin sentait la neige. Le ciel était bas et blanc. Sur la route en lacet du pré de Corche, quelques flocons inconsistants voletaient vers le pare-brise. Éphraïm, les mains à plat sur le volant, bavardait avec Armand assis près de lui. À l'arrière, les jumeaux surexcités harcelaient de questions Eliana ou faisaient enrager la petite Lise, tandis que Bobette se serrait contre Émilien et fermait les yeux pour ne pas voir les tournants.

L'éléphant fit une forte impression sur la cuisinière qui ne l'avait pas imaginé si éléphantesque, d'après les vignettes. Bienvenu junior et Fortuné furent moins surpris. Pour eux, la trompe allait de soi, c'était les yeux sur le côté qui faisaient drôle et cette malice de vieux sage dans le regard de l'animal quand on lui tendait des bonbons. Comme si une montagne vous observait par un trou d'eau et comprenait vos sentiments.

À l'intérieur du chapiteau, une odeur de crottin frais accueillait les spectateurs qui la jugeaient de bon augure. Tous se connaissaient. Tous avaient bien des occasions de se parler ou de s'éviter. Certains habitaient la même rue et ils étaient venus ensemble dans la même charrette ou la même auto. N'empêche, de se revoir de part et d'autre d'un rond de sciure les plongeait dans l'étonnement. Et ils se faisaient de grands saluts, par-dessus la tête de leurs voisins, comme des émigrants à bord d'un navire, disant adieu à leur famille.

Éphraïm installa les jumeaux au bord de la piste sur le banc réservé aux moins de dix ans et il alla s'asseoir dans la partie haute des gradins avec les adultes. Occupé à répondre aux saluts qu'on lui adressait, il ne remarqua pas qu'un vigile, qui ne portait pas la livrée du cirque, l'observait avec une redoutable attention, dissimulé derrière un des pans flottants de la tente. Il ne vit donc pas la grimace blême qui se fixa comme une agrafe sur le visage de l'individu et y resta pendant la durée du spectacle. C'était le rictus de satisfaction du chasseur que le hasard remet sur la voie du gibier perdu. C'était le sourire glacé de Monsieur Albert.

On percevait derrière les portants de bois rouge et or une agitation de palefreniers, des énervements, des chuchotis. À l'évidence, quelque chose ou quelqu'un n'était pas prêt. Le caniche n'avait pas son bonnet de groom, le chameau faisait des siennes. Ou alors c'était l'écuyère qui saignait du nez ou le jongleur qui avait égaré ses quilles multicolores.

Enfin les lampes s'éteignirent l'une après l'autre, les enfants cessèrent soudain de crier et de s'agiter, le silence s'établit. Annoncé par des roulements de tambour, un Monsieur Loyal en frac noir et haut-de-forme pailleté apparut dans le rond de lumière d'un projecteur.

— Mesdames, mesdemoiselles, messieurs, le spectacle que vous allez voir, unique en son genre, a déjà émerveillé les grands de ce monde, et plus encore les petits ! Jamais, même dans vos rêves les plus excentriques, vous n'avez concocté le centième des attractions qui vont se produire ici-bas, pour votre ébahissement et peut-être votre gouverne. Sans trucage ni manigance, des artistes admirés du monde entier vont risquer la mort sous vos yeux et vaincre le déséquilibre à force de souplesse, de vélocité et d'abnégation ! Vous verrez l'éléphant d'Asie plus intelligent que le singe, le léopard récalcitrant et mademoiselle Daniéla, le seul fox-terrier trapéziste. Il y aura aussi du rire et de la musique avec le clown Marinello qui voudrait bien se marier avec une femme qui aurait une jolie montre. Alors, attention, je ne vous le redirai pas. Méfiez-vous des pickpockets et que les messieurs surveillent leurs dames ! Et nous commençons tout de suite avec les Compañeros qui sont nés au Venezuela et qui, dès le plus jeune âge, ont fait trembler les rebelles de la pampa avec leurs lassos...

C'était parti ! L'éternel tournoiement des paillettes, des pitreries, des rebonds sur les tremplins, des envols entre les trapèzes. Un Auguste dépenaillé débaula sur un monocycle où il pédalait à l'envers en jouant de la clarinette. Le funambule exécuta le saut périlleux sur la corde, les yeux bandés. La femme serpent se contorsionna tant et si bien que plusieurs se persuadèrent que c'était deux siamoises ! Inversement, l'illusionniste fit entrer deux hommes troncs dans un cylindre d'où s'extirpa à l'autre bout un gaillard comme vous et moi. Puis il annonça qu'on n'avait encore rien vu et qu'il pouvait faire plus fort si on le souhaitait (c'était le cas). Il demanda s'il y avait des jumeaux dans le public. Bienvenu et Fortuné levèrent la main. Il les fit venir sur la piste, les invita à s'asseoir sur deux tabourets et les recouvrit d'une cloche en percale bleue sous laquelle on les entendait gigoter. Un crochet descendit des cintres et remonta avec la cloche : personne sur les tabourets. Le magicien heurta un triangle : à ce signal, l'éléphant se présenta avec les deux enfants juchés sur son dos.

Le spectacle s'acheva par la cavalcade des animaux et le salut en musique des artistes dont on savait qu'ils seraient repartis le lendemain vers d'autres bravos ou la chute dans la sciure.

La boucle

Le retour à Col-de-Varèse prolongea encore la fête. Les jumeaux n'en finissaient pas de raconter leur expérience de la piste et de la magie. À les entendre, ils avaient dompté l'éléphant. La fillette riait du clown qui ne pouvait pas sortir la tête du seau et jouait du trombone avec sa chaussure.

Ce même soir, Éphraïm devait présider une réunion d'information à la mairie, la dernière avant la mise en chantier du téléphérique des Adrets. Il sortit après le repas avec Émilien, Bobette et Armand. Il était entendu qu'Eliana viendrait plus tard quand les jumeaux et la petite Lise dormiraient. Il semble, d'après le rapport des gendarmes, qu'elle s'apprêtait à sortir lorsque Monsieur Albert l'égorgea avec une arme qui n'a pas été retrouvée.

La réunion fut particulièrement houleuse, ce soir-là, à cause du fils Mazio, un des opposants au projet municipal, qui était arrivé ivre mort et faisait du raffut pour rien. Malgré la tension dans la salle, le maire paraissait distrait. À trois reprises — ce fait a été consigné dans le rapport

— il tourna la tête vers la grande fenêtre derrière lui comme s'il avait entendu un bruit suspect. Mais la neige qui tombait à gros flocons derrière la vitre masquait tout événement.

Au milieu des invectives du fils Mazio, le garde champêtre fit irruption dans le public en criant qu'il y avait le feu chez les Jardre. Éphraïm repoussa son fauteuil et traversa la salle au pas de course. Du perron, il aperçut la lueur rouge déjà plus haute que le clocher. Lui seul savait, avec Armand, qu'une caisse de munitions était entreposée à la cave, sous la terrasse.

Quand il arriva chez lui, les flammes sortaient par la fenêtre de la chambre des enfants et par le toit. La porte d'entrée était ouverte. Les jeunes gens qui l'avaient suivi en courant le virent se précipiter dans la fumée. L'explosion se produisit à cet instant.

CHAPITRE 18

Un soir de trop

Éphraïm marche dans la neige droit devant lui. Il avance à travers les bois, les prairies, il n'emprunte pas la grande route, ne suit pas les sentiers gelés qui vont aux fermes, évite les hameaux et les bergeries.

Il ne sait ni où il est ni où il va. Il enfonce jusqu'aux genoux. Il ne voit rien, ne s'attache à rien. La glace ne l'arrête pas.

Il fuit les hommes, les femmes, les bruits, les appels, les lanternes suspendues devant les portes, les troupeaux rassemblés dans le brouillard, les enfants qui crient, les gendarmes qui le recherchent.

Il passe des cols, il traverse des ponts de glace, suit des ravins, s'avance dans des éboulis. Son pied glisse, son corps roule sur les cailloux. Il se relève et continue. Il ne ralentit pas. Et rien ne le calme jusqu'à ce qu'il tombe de suffocation, jusqu'à ce qu'il s'évanouisse contre un rocher.

À son réveil, un court répit qu'il doit à l'hébétude, à l'épuisement. Il ne sait pas ce qu'il a fait ni ce qu'on lui a fait. Il n'a pas de nom. C'était bien la peine d'en avoir tant. Il est absent de son malheur. N'y pense pas. Ne se le représente pas. L'image ne s'est pas encore formée. Elle plane là-bas, très loin, à Col-de-Varèse. Et soudain elle se précise. Eliana et Lise égorgées, les jumeaux pendus. Il se lève en poussant un cri, il s'élance, il a oublié le trajet accompli la veille et repart dans la direction d'où il vient ou dans une autre, selon la première pente qu'il aperçoit. Et la marche reprend, continue, sans répit, sans interruption jusqu'à la prochaine chute dans le sommeil.

Et cela dure un mois, deux mois, quatre mois. Le printemps succède à l'hiver sans que le fuyard le remarque. De grands trains de glace déraillent dans la montagne, les torrents se multiplient. L'herbe danse. La sève monte. Des bourgeons éclatent sur des branches qu'on croyait mortes. Tous les animaux amaigris se réveillent dans les terriers. Les jeunes chauves-souris suspendues au plafond des grottes apprennent à voleter.

Éphraïm titube dans le soleil. Ciel bleu. Silence. Odeurs de la terre et des feuilles. La lumière est une huile en suspension, l'air un fleuve qui déborde sur les vallées.

Parce qu'il fait peur, il est arrêté plusieurs fois. Comme chemineau. Comme rôdeur. Un soir il entre dans un village, passe à grands pas devant un bar où des jeunes gens l'interpellent. Il ne tourne pas la tête, va droit devant lui. Trois garçons lui courent après, le rouent de coups. Il lui serait facile de les tuer s'il se servait de ses gros poings. Il ne se défend pas.

Un matin, il n'est pas en état de se lever. Le voilà couché sur des pierres, près d'un torrent. Quelqu'un se penche et le secoue. Quelqu'un lui parle. C'est Armand, celui qui connaît les secrets de la famille et ne les dit pas, l'homme de confiance des Jardre depuis toujours.

Le lendemain de la tuerie, l'intendant a eu une attaque cérébrale. Maintenant il marche difficilement. Il parle du coin de la bouche. « Peux-tu te lever ? » demande-t-il.

Éphraïm ne répond pas.

On le couche sur une civière. On l'emmène à Col-de-Varèse. Il ne bouge pas, ne proteste pas. À l'entrée du village, il se redresse sur les coudes, reconnaît les lieux, se donne des coups au visage avec les poings. Armand a besoin de trois hommes pour lui attacher les bras le long du corps.

Voilà comment l'enfant prodige de la montagne fait son entrée dans le village : ligoté, couché, souillé, défiguré. Armand s'occupe de lui tout l'été. Il le soigne, le guérit. En septembre, Éphraïm se met à parler. Il appelle le régisseur, lui prend le bras, lui dit d'une voix changée : « Il y a eu dans ma vie un soir de trop. Moi seul dois payer. J'ai le devoir de me souvenir. Je ne porterai pas la main sur moi. Ce serait trop facile. Je vous donnerai ce que je tiens de Bienvenu, moins une ferme que je laisserai à Bobette. Je ne garderai rien. Ensuite, je vous quitterai. Je ne reviendrai pas. N'essayez pas de me retenir. Ne me cherchez pas. »

Armand écoute ces mots. Et il est amer. Il comprend que le destin s'est joué de lui. Il dit : « Je ne possédais rien jusqu'au jour où Bienvenu m'a fait cadeau d'un bout de terre. Ce jour-là j'ai été le roi du monde. Aujourd'hui, je reçois plus qu'il ne me faut. » Mais Éphraïm ne revient pas sur sa décision. Le régisseur reçoit le domaine des Jardre. Il répète dix fois par jour, le destin s'est moqué de moi.

Éphraïm a quitté Col-de-Varèse. Il marche sur la route du pré de Corche. L'orage éclate. La pluie frappe son visage. Devant lui roule la rivière dont les reflets engendraient jadis des dragons. Il s'approche de l'eau grise, se rend compte qu'un train de bois s'est coincé dans un enchevêtrement de racines. Il saute sur ce radeau et il le dégage. Désormais ce sera la rivière, composée de gouttes de pluie, qui le guidera vers la plaine où il y a des enfants qui jouent, des femmes belles, des livres dorés sur les tables, des chambres d'hôtel où un homme défiguré peut dormir sans qu'on lui demande son nom.

CHAPITRE 19

Le lézard sur la joue

D'où viennent les histoires qui nous tourmentent? Auraient-elles pour berceau le pays des morts où elles retourneront avec nous? Je crois que tout récit qui nous entraîne au cœur du monde a voyagé longtemps avant de nous parvenir et qu'il garde quelque chose des régions où nous ne savons plus aller, mais où quelques mots nous conduisent, par des raccourcis inconnus, au péril de la raison. Aujourd'hui, 9 janvier 1999, alors que le soleil oblique du soir éclaire de loin cette fin de journée fin de siècle, il est temps que je dise comment le destin de Jean Narcisse Éphraïm Marie Bénito croisa le mien...

Je suis né à Nîmes, en 1946, quinze minutes avant ma sœur Armelle, dite Zita. Peu importe à quoi je passais ce quart d'heure de fils unique. À crier probablement. L'essentiel est de savoir que nous fûmes, Zita et moi, des jumeaux heureux et naïfs jusqu'au jour où nos jeunes parents, qui venaient d'admirer *Le train sifflera trois fois* au cinéma Lux, jugèrent bon de renouveler le baiser de Gary Cooper et de Grace Kelly, sur un passage à niveau. Après quoi, ce fut ma tante Eliana (que mon père avait toujours traitée de folle) qui nous éleva dans son mazet des collines nîmoises ; et je crois pouvoir dire sans flatterie que l'éducation nouvelle que nous reçûmes constitue encore pour moi un sujet d'émerveillement et de réconfort. Les exemples que j'en donnerai, tous empruntés à ma mémoire, ne m'éloigneront pas d'Éphraïm, bien au contraire.

Je me souviens tout particulièrement de ce soir d'octobre 1957 où la générosité de ma marraine se manifesta une fois de plus. C'était quelques semaines après la rentrée. Les vacances de Noël nous paraissaient loin mais déjà nous y pensions comme le naufragé sur son tronc d'arbre se représente le cargo illuminé qui le recueillera, s'il ne s'est pas noyé avant. Ce soir-là, ma tante Eliana avait préparé des chaussons à la brandade, une des spécialités de la ville. Au moment de se mettre à table, Zita déclara qu'il y avait un monsieur qui dormait dans son manteau au fond du jardin, au pied d'un des pins parasols, malgré le froid.

— C'est la preuve qu'il avait sommeil, fit observer ma tante Eliana chez qui un solide bon sens côtoyait souvent l'inspiration la plus intrépide.

— Évidemment, reprit Zita, la bouche pleine, mais il dort avec un lézard sur la joue.

Sans dire un mot, ma tante acheva le chausson qui refroidissait dans son assiette — c'était celui dont le dessus était brûlé, elle se l'était réservé. Son visage souriant, optimiste et plissé, où les pensées se reflétaient directement comme la lune dans un seau, devint soucieux, voire grave. Il le resta jusqu'au dessert composé de pommes au four arrosées de crème au caramel. Et sans doute aurais-je oublié cette scène comme tant d'autres si, tout à coup, en tapant du plat des doigts sur la table, ma tante n'avait déclaré :

— Voilà une histoire extraordinaire. Comment un lézard peut-il rester sur la joue d'un homme endormi, alors qu'en cette saison il n'y a pas de lézards ! Il faut que ce soit une bestiole de l'autre monde et que ce dormeur soit un messager qui nous a été envoyé. Mes enfants, débarrassez la table ! Lavez-vous les dents, dites votre prière et allez dormir. Quant à moi, avec la protection de sainte Perpétue et de sainte Félicité, j'irai où m'appelle le devoir !

Après ce bonsoir qui n'était pas de nature à nous rassurer, l'aventurière se coiffa, s'attifa, se mit du rouge, jeta sur ses maigres épaules la pèlerine des soirs pluvieux, alluma une lanterne vénitienne et sortit dans le jardin, précédée par cette lueur. Je crois me souvenir que nous nous sommes réfugiés dans le même lit en claquant des dents, ma sœur et moi, et que le sommeil nous livra à des cauchemars parallèles. Mais le lendemain, au réveil, la vision de notre marraine occupée à remplir nos bols de blédine chocolatée dispersa les vestiges de nos terreurs, et Zita se fit la porte-parole de nos impatiences jumelles quand elle s'écria :

— Alors, tu l'as vu ?

— Qui ? demanda notre tante Eliana pour gagner du temps et redoubler notre curiosité déjà intense.

— Tu le sais bien, chère Tatie ! Pourquoi fais-tu exprès de nous faire languir ?

— Tu veux dire : l'homme au lézard ?

— Évidemment !

— Non seulement je l'ai vu, mais je lui ai proposé de loger dans l'appentis derrière la maison. Désormais il vivra chez nous. Et je vous demande de vous montrer toujours polis et bien éduqués. Cependant, ma petite Zita, je te conduirai chez l'oculiste cette semaine. Ce que tu as pris pour un lézard, c'est une assez vilaine cicatrice que notre invité a sur la joue. Peut-être saurons-nous un jour comment il l'a faite!

Oncle Jean

Voilà comment Monsieur Bénito entra dans nos vies par une fraîche nuit d'octobre. Les premiers jours, malgré mes efforts, je ne réussis pas à voir notre hôte, peut-être se promenait-il dans la campagne ou dormait-il dans son logis dont la porte restait fermée. Je dus attendre une semaine avant d'apercevoir sa haute silhouette dans le sentier, à l'heure où je revenais en vélo du petit lycée. L'homme me parut très grand et osseux, avec un visage de pierre ponce qui faisait peur. Un ogre. Un rocher. Dès qu'il entendit le ferraillement de la bicyclette, il me tourna le dos et s'éloigna à grands pas, sans plus de façons. Sa fuite m'arrangeait bien.

Si mes souvenirs sont fidèles — mais pourquoi le seraient-ils alors que je les ai souvent trahis? — cette sorte de cache-cache dura tout l'automne et une partie de l'hiver. Il faut dire que le mazet d'Eliana, qui n'existe plus aujourd'hui, était une bicoque des plus modeste, mal chauffée, mal conçue et rafistolée quinze fois, mais les huit hectares de garrigue qui l'entouraient sur trois côtés constituaient un territoire où il était facile de s'éviter, si on le

233

souhaitait. Et c'est exactement ce que le bon-homme faisait. On aurait dit qu'il ne supportait pas de nous voir, Zita et moi. Dès que nous apparaissions d'un côté, il partait de l'autre sans dire un mot, et, si nous faisions mine de vouloir rouler dans sa direction, il coupait à travers les buissons et se barricadait chez lui. Malgré tout, nous l'apercevions quelquefois dans les chênes verts, penché sur les traces d'un hérisson ou grattant le sol avec un caillou et faisant couler la terre entre ses doigts, comme s'il avait tâté une chevelure infinie.

Loin de condamner le comportement de notre hôte, Eliana le justifiait en disant que notre vue lui rappelait probablement quelque malheur et qu'un jour tout s'expliquerait. En attendant, elle lui apportait tous les soirs une part de notre repas, et, tandis que nous nous retournions dans nos lits jumeaux sans trouver le sommeil, elle tenait compagnie à ce bon à rien dans l'appentis chauffé par un poêle à charbon, sous une loupiote de quinze watts qui les éclairait tous les deux.

Que faisaient-ils ensemble jusqu'à trois heures du matin ? De quoi s'entretenaient-ils ? Nous n'en savions rien, mais c'est un fait que notre marraine revenait transfigurée par ces rendez-vous de la nuit et qu'elle commença dès novembre de nous parler d'un enfant trouvé dans la neige, du glapissement des renards, de la carcasse d'un loup suspendue à un crochet, d'une cuisinière appelée Lise qui était allée mourir dans son pays, et d'une certaine Lucrèce qui vivait au milieu des porcs et des oies.

Ainsi, par petites touches, jour après jour, Eliana nous livrait les secrets que Monsieur Bénito lui avait confiés. Il m'est difficile aujourd'hui de faire la part de ce qu'elle avait appris dans la nuit et de ses ajouts personnels. Depuis que je vivais dans sa maison, j'avais remarqué bien souvent, à l'occasion de ses flamboyants soliloques devant le fourneau, que notre marraine n'hésitait jamais, lorsqu'une pièce du puzzle lui manquait — et il en manque toujours —, à la façonner elle-même dans le feu de l'inspiration. Brodeuse-née, elle se fit une joie de nous raconter avec des détails de son cru et de notables amplifications, j'en ai peur, les belles années de celui qui, très vite, fut nommé par nous Oncle Jean. De cette façon, nous fîmes d'étonnants progrès en histoire, en géographie, en sciences naturelles et notre vocabulaire s'accrut de toute une liste de mots que j'ai gardés : rondin, clarine, adret, funiculaire, philtre d'amour ! Zita se passionna pour la légende de saint Varèse et pour les fléchettes de Grigori. Je rêvais de bivouac dans les glaces et d'apprendre l'accordéon.

Ne dit-on pas que, dans ce monde d'illusions, il suffit de changer le nom des gens pour changer la relation que nous avons avec eux ? Monsieur Bénito avait été un hôte farouche, encombrant et qui faisait peur. Oncle Jean devint un parent excentrique, rude et loyal. Certes, il continua de nous fuir et de se cacher, allant jusqu'à s'enfermer dans son réduit pendant que Zita et moi faisions des acrobaties en vélo, devant sa porte. Mais nous savions qu'il était là, et qu'il serait sorti de sa tanière pour nous défendre en cas d'urgence.

Un après-midi d'avril ou de mai, je ne sais plus, une traction avant bleu ciel entra dans la propriété dont Eliana ne fermait le portail rouillé qu'à la nuit. C'était un jeudi, le jour où nous n'allions pas à l'école. Zita venait de tracer un nouveau parcours de gymkhana dans les chênes verts.

— Monsieur Jean Bénito, c'est bien ici? demanda le conducteur, un homme au visage rouge et grêlé, à la courte moustache en brosse.

— Connais pas! dit Zita qui répondait toujours la première quand nous étions interrogés ensemble.

— On nous a dit pourtant à la mairie...

Le chauffeur coupa le moteur et consulta son passager. Les deux hommes descendirent de la voiture et firent quelques pas entre les buissons. Le second marchait avec une canne. De la jambe droite de son pantalon — aujourd'hui encore Zita prétend que c'était la gauche! — sortait une rondelle de caoutchouc au bout d'une tige.

— Peut-être connaissez-vous cette personne sous un autre nom, dit le boiteux. Jardre? Éphraïm? Cela vous dit quelque chose?

— Ici, il n'y a que notre marraine Eliana, déclara Zita en me regardant d'une certaine façon qui voulait dire dans le langage des jumeaux, ne me trahis pas, soutiens-moi, restons unis, ce genre de simagrées.

Pendant ce dialogue, si c'en était un, le moustachu s'était accroupi devant mon vélo dont il examinait la chaîne en sifflotant. Je n'appréciais qu'à moitié son intérêt soudain pour ma bicyclette et je me tenais sur mes gardes.

— On voit que tu joues souvent dans la poussière, dit-il en plissant ses gros sourcils, les pignons sont encrassés. Si tu les laisses comme ça, tu casseras le dérailleur! Mets ta bécane à l'envers. J'ai ce qu'il te faut.

Il alla chercher dans le coffre de la voiture une burette en métal gris et versa une goutte d'huile sur chaque maillon de la chaîne en faisant tourner lentement le pédalier. Ce faisant, il ne put s'empêcher de me donner une leçon de philosophie existentielle.

— Ne néglige jamais la mécanique, mon petit! Elle peut nous sauver la vie! Pendant la guerre, j'étais soldat en Norvège, je conduisais un camion. Un jour, la route a été bombardée. Si le moteur avait flanché quand j'ai mis les gaz, j'aurais ma croix de bois plantée dans la glace depuis vingt ans!

Et il enchaîna en se relevant :

— Regarde-moi dans les yeux et dis-moi la vérité. Tu n'as jamais vu par ici un homme grand, avec des épaules comme un balcon, des yeux bleus, une marque sur le visage? Cela nous arrangerait bien si tu nous aidais. Nous sommes ses amis. Nous venons de loin pour lui parler.

Aujourd'hui, après un demi-siècle de pratique, je considère que je suis un menteur de première force, capable d'embrouiller même la maîtresse du Diable. Malheureusement, j'ai un défaut qui contrarie ce don de nature. Je suis dans l'incapacité de tromper un bienfaiteur. Or, l'inconnu venait de prendre soin de ma bicyclette. Oserai-je lui mentir? Fort heureusement, je fus sauvé par le gong, c'est-à-dire par ma tante Eliana qui était sortie dans le jardin, intriguée par la présence de la voiture.

Je revois encore aujourd'hui, non sans une mélancolie que j'assume, l'étroite silhouette de ma marraine, marchant de son pas incisif, évoquant à la fois le crabe et le marquis de Carabas, entre les deux étrangers qui s'adressaient à elle tour à tour. Jusqu'à la tombée de la nuit et l'apparition des étoiles sur la tour Magne, tous trois poursuivirent leur bizarre conciliabule sans cesser les allées et venues autour du mazet. Nous commencions d'être réellement inquiets, Armelle et moi, et ne savions que faire pour attirer les regards de notre parente lorsqu'elle revint vers nous, le visage échauffé par la marche et l'exaltation. Elle nous serra dans ses bras et nous dit à peu près ceci :

— Les enfants, je vous présente messieurs Deleau et Socleruiss. Ce qu'ils viennent de m'apprendre me bouleverse. Je vous en parlerai plus tard. Mettez deux assiettes de plus sur la grande table pendant que je préparerai l'omelette. Et allez vous laver les mains !

Je crois savoir pourquoi ma mémoire qui retient les détails les plus incongrus refuse de se rappeler ce premier repas avec Leruiss et Soqdeleau : il ne s'y passa rien et j'avais sommeil. Je serais tout aussi incapable de préciser où dormirent nos invités et combien de jours ils vécurent sous notre toit. Mais je n'ai pas oublié un certain repas de midi à la fin duquel Oncle Jean consentit, pour la première fois, à venir s'asseoir avec nous et à partager notre dessert. Il portait un costume neuf que ses amis lui avaient procuré, il se tenait au bord de sa chaise, près de la porte, les yeux à demi fermés, il ne disait rien et ne semblait pas écouter la conversation. À peine eut-il goûté le flan que Zita lui avait servi qu'il se leva sans nous regarder, saisit les mains de ma marraine et les embrassa longuement avant de sortir. Ce fut un moment de triomphe pour Eliana qui n'avait jamais espéré une telle gratitude.

La couleur du ciel

Le comportement d'Oncle Jean à notre égard fut différent après le départ de ses compagnons. Quand nous passions devant lui sur nos vélos en poussant des cris de Sioux, il ne fuyait plus mais levait rapidement les yeux vers nous, répondait par un vague hochement de tête à nos deux bonjours claironnés, fermait les paupières quelques secondes et poursuivait son occupation du moment. Depuis peu, il s'était confectionné un banc à deux places dans la garrigue avec un tronc d'olivier mort qu'il avait calé sur des pierres. C'était un emplacement idéal pour regarder en silence le ciel dont la couleur change si vite avec le vent et pour crayonner Dieu sait quoi sur une feuille, de temps en temps, histoire de donner quelque chose à faire à ses mains. Un jour où Armelle, avec un aplomb dont j'eus honte, lui cria en passant : « Est-ce qu'on peut voir ? », il ne répondit rien mais retourna la feuille sur son genou et resta immobile jusqu'à la nuit, ce qui justifia les reproches violents que je fis à ma jumelle. Pourtant j'avais tort. Car, le lendemain, à l'instant où nous approchâmes du banc, il agita son dessin pour nous le montrer et nous découvrîmes ensemble, ma sœur et moi, un portrait fort ressemblant de notre marraine Eliana, à ceci près qu'elle semblait avoir vingt ans de moins.

À partir de ce jour, insensiblement, notre

relation se transforma. Intéressée par le côté pratique des choses, Zita fut la première à saisir le parti qu'elle pouvait en tirer. Un soir, elle laissa sur le petit banc son cahier de version latine et elle eut la satisfaction de découvrir le lendemain qu'un anonyme avait corrigé au crayon ses contresens. Dès lors, l'invité de Tante Eliana devint notre répétiteur muet, chargé de contrôler (ou de faire) nos exercices, un véritable luxe pour des cancres comme nous autres. Et c'est lui qui, l'été suivant, à l'insu de notre marraine, remplit de son écriture tremblée ces fameux devoirs de vacances qu'il était d'usage alors d'infliger aux écoliers.

Aujourd'hui, avec le recul des années, j'ai la conviction qu'Éphraïm comprit le danger que représentait le réveil de ses émotions et qu'il tenta désespérément d'y résister. Pour une âme comme la sienne, qui avait perdu le pouvoir de se dérober, chaque reflet (ou intuition) d'un bonheur encore possible rouvrait une proche blessure. Je revois une scène furtive, incompréhensible sur le coup, parfaitement claire aujourd'hui. Je la situe le premier jour de la rentrée, un moment qui devait lui être pénible. Nous courions vers lui, Armelle et moi, pour lui montrer notre emploi du temps et nos livres, il resta figé sur le banc, sa tête osseuse dans les mains, refusant de jeter un œil sur nos deux cartables neufs, bourrés comme des fourneaux. Un instant plus tôt cependant, il s'était tenu au portail, la main en visière, guettant notre retour pour l'annoncer à Eliana qui s'inquiétait derrière la vitre.

Qui comprendra jamais le cœur humain ?

Une nuit, à la mi-novembre, la neige tomba sans discontinuer sur la garrigue. Je crois me souvenir que, pour fêter comme il convient l'événement, je n'allai pas en classe le lendemain et que je passai l'après-midi à jouer avec une luge de fortune. Éphraïm ne se montra pas de la journée. Après le repas, comme chaque soir, Eliana se rendit chez lui. Elle trouva sur sa porte ce mot que je cite de mémoire :

Et cette vie, ici, près de vous ! Et cette vie près de vous avec les enfants ! Et cette vie devenue trop forte pour moi. Et le silence de cette nuit, auquel ne manquait que le feu pour être absolu. Et l'obligation de partir pour écarter de vous ce qui me poursuit. Et je pars avant d'attirer sur vous le malheur. Et vous, Eliana, pardonnez-moi et oubliez le mal que je vous fais.

Le départ soudain d'Éphraïm fait partie de ces désastres silencieux qui n'apparaissent pas dans les archives et que les historiens négligent pour cette raison. Du jour au lendemain, ma tante Eliana cessa de rire et de mentir, de s'attifer, de se poudrer, de mettre du rouge, de faire tourner le moulin dont les ailes chassent l'ennui. On ne la vit plus, les soirs d'hiver, illuminée par la pensée des heures qui l'attendaient, jeter la pèlerine bleue sur les épaules et nous dire, allez les enfants, ne manquez pas votre rendez-vous avec le sommeil et le rêve, moi j'ai le mien. Même son exubérante folie qui nous avait si bien protégés des angoisses du souvenir devint une robe de cendres. Années affreuses qu'il n'est pas dans mon intention d'évoquer longuement. Je sais que, les nuits d'orage, lorsque la pluie sur les troènes du jardin faisait un bruit de coquilles brisées, ma tante Eliana criait dans sa chambre et se pelotonnait sous l'édredon comme un animal qu'on torture. Ce que j'ai souffert de ce cri, seule ma vieille Zita aujourd'hui pourrait le dire. Se souvient-elle comme moi des jours nombreux où la voix grise de notre marraine nous demandait sur un ton de supplication de sortir au plus vite du lit et de préparer nous-mêmes notre bouillie? Au retour du lycée, nous l'apercevions quelquefois, sous ce parapluie de berger que j'ai attribué à Bienvenu. Que fais-tu dehors, Tante Eliana? Tu vas prendre froid! Mais elle avait toujours un prétexte pour tournicoter autour du banc. Une fois, c'était l'étui de ses lunettes qu'elle disait avoir perdu. Un autre jour, elle ramassait, soi-disant, des branches mortes pour la flambée du lendemain. Ces petits mensonges inconsistants nous attristaient davantage que ne l'avaient fait autrefois ses divagations.

Lorsque le beau temps revenait, on ne la voyait plus descendre la grande allée en portant un panier de crêpes chaudes sous une serviette en vichy et nous ne nous installions plus comme autrefois sous le grand pin pour pique-niquer. Bien qu'il me soit pénible de l'avouer, car je ne cède pas volontiers à l'Ennemi, il n'est pas douteux que ma tante Eliana perdait la tête pour de bon. Et ce fut un singulier renversement, pour les gamins que nous étions, de devoir protéger notre tutrice des périls qu'elle était censée nous éviter. Je ne peux évoquer ici sans une pointe de mauvaise foi les ruses de criminels que nous déployions, Zita et moi, pour dissimuler aux étrangers les bizarreries de notre parente en remplissant pour elle toutes les formalités et les paperasses qui demandent de la suite dans les idées.

Lorsque je parle des étrangers, il va de soi que je n'inclus pas dans cette catégorie messieurs Leruiss et Soqdeleau qui venaient passer chaque année la Semaine sainte chez nous. La carte postale du mont Blanc qui annonçait leur arrivée arrachait momentanément notre marraine à son atonie et nous comptions les heures qui nous séparaient des coups de klaxon au portail, comme des soldats sur le point d'être libérés biffent une date chaque jour sur le calendrier.

Peut-être n'ai-je rien connu de plus émouvant dans ces années d'une adolescence lointaine que ce moment où les deux hommes, le visage vieilli, mais encore ardent, descendaient de la voiture, avec des paquets dans les bras. Chaque fois nous espérions qu'ils seraient accompagnés d'Oncle Jean ou qu'ils auraient de ses nouvelles. De leur côté, ils comptaient sur Eliana pour en avoir. Ainsi la joie d'être réunis de nouveau s'accompagnait d'une déception qui s'atténuait peu à peu les jours suivants, lorsque nous faisions des tours en voiture avec Soqdeleau, que nous jouions aux boules avec Leruiss et que la vie reprenait ses droits qui ne sont inscrits nulle part.

Que dire de plus ? Que nous ne revîmes jamais Oncle Jean ? Que je n'ai pas cessé de me demander s'il était mort ou s'il vivait à l'étranger ? Que j'ai cru le revoir bien des fois au cours de ma vie ? Que j'ai passé plus d'heures à imaginer un passé où je n'étais pas qu'à me préoccuper de mon avenir ? Que Leruiss m'a appris le peu que je sais de la bataille de Narvik ? Que je lui dois de ne pas avoir oublié les maquis du Beaufortain et l'assassinat du capitaine Bulle par les nazis ? Que Soqdeleau, quand j'eus seize ans, me fit asseoir au volant de sa Panhard et me donna ma première leçon de conduite dans des chemins de vignes sinueux? Que, l'année suivante, un lumbago l'empêcha de venir? Puis, que ce fut Leruiss qui subit une opération à la gorge? Ainsi vont les jours, les nuits et les souvenirs. À vingt ans, Zita, délaissée par un torero, épousa un picador. Soqdeleau fut le boute-entrain de la noce. Leruiss, me prenant à part à la fin de la cérémonie, me fit jurer de ne pas oublier Éphraïm et de lui venir en aide si un jour je le rencontrais. Ce fut ma dernière conversation avec lui.

Deux ans plus tard — qu'elle soit maudite à jamais, cette année-là — Soqdeleau et ma tante Eliana quittèrent ce monde. Zita déclara qu'ils avaient rejoint Oncle Jean, au paradis. Je l'aurais giflée. Car elle prétendait qu'Éphraïm, le héros de notre enfance, devait être mort, sinon il nous aurait déjà écrit. Ce n'était pas mon point de vue. Je soutenais — et soutiens encore — que c'était pour la même raison qu'il était parti et qu'il ne nous faisait pas signe. Je supposais — et suppose encore — qu'il avait voulu se confondre avec le mystère du temps qui ne peut pas être saisi lorsque nous l'avons sous les yeux, mais qu'il est possible de désigner quand il n'est plus là.

ÉPILOGUE ?

Le 10 octobre 1996, après avoir fêté l'anniversaire de Zita — et le mien du même coup —
dans une bodega de Nîmes, je roulais de nuit à
vive allure sur la route de Solignargues,
lorsqu'un chien errant qui déboulait d'une
région indéterminée de l'espace pour se rendre
dans une autre tout aussi vague me coupa la
route. Bien que j'eusse deux grammes d'alcool
par litre de sang dans les veines, je réussis à
épargner le pauvre animal en donnant un coup
de volant vers les arbres. Après quoi, le devoir
accompli, je sombrai dans le coma jusqu'au lendemain de Noël.

Je ne m'attarderai pas sur les étapes de ma
fastidieuse résurrection dans une unité de soins
intensifs. Il suffira ici de savoir que je fus en
état de hocher la tête pour les Rois mages, que
je fêtai la Chandeleur en me redressant dans
mon lit et que, l'après-midi de Mardi gras, après
un goûter de crêpes au sirop d'érable, je partis
achever ma rééducation fonctionnelle dans un
centre spécialisé au Grau-du-Roi.

Croyez-moi. Après cinquante ans, l'oisiveté
n'est pas la mère de tous les vices, mais la petite
sœur de la grande métaphysique. Au cours des

mois que je passai au bord de l'eau, sans autre obligation dans la journée que de m'exposer au soleil et de réapprendre la marche, je fis des progrès décisifs dans le domaine de l'observation et des conjectures. Hélas pour moi, ce fut aussi vers cette époque pourtant paisible que mon esprit se remit à battre la campagne et à chercher des aliments pour ses anciennes obsessions.

Tout commença au début de la troisième semaine, précisément. Par une fin d'après-midi un peu frisquette, j'étais étendu sur ma chaise longue, devant la mer, lorsque je vis marcher sur la plage un vieil homme très grand, très mince, vêtu d'un costume de toile bleue ceinturé par une ficelle et coiffé d'un chapeau de paille noir. Il avançait dans ma direction en secouant la tête de temps à autre comme s'il avait eu des abeilles dans les cheveux. Quand il leva la tête vers moi, je remarquai qu'il présentait sur le côté droit du visage une fine cicatrice qui allait de la tempe au menton. Je crus qu'il s'agissait d'un accidenté de la route en convalescence comme moi et je m'apprêtais à saluer ce camarade d'infortune quand il passerait près de ma chaise, mais il s'arrêta à bonne distance et il agita les bras d'un air effrayé en me montrant quelque chose dans le ciel.

Je tournai les yeux du côté qu'il désignait et j'aperçus au-dessus de la mer, venant vers nous, la ligne brisée des flamants qui regagnaient leurs remises dans les salins comme tous les soirs. Sur le coup, je crois avoir plus ou moins haussé les épaules et repris mon activité du moment qui consistait à chercher un mot en huit lettres dont la définition était celle-ci : *Don que l'on fait aux divinités en remerciement de leurs faveurs ou pour les obtenir.* C'est plus tard, au cœur de la nuit, alors que le mot *offrande* m'avait permis de noircir toute la grille et que je fumais à la fenêtre en regardant les lampes des chalutiers qui se déployaient sur la mer, que je repensai à l'inconnu dont le grand corps avait tremblé à la vue des flamants roses. Il devait y avoir une raison qui n'était raison que pour lui, et c'était elle qui m'intriguait. Je me promis de la chercher, de la découvrir. Je m'endormis sur cette résolution.

Le lendemain, Zita et son picador vinrent m'apporter des oranges, des calissons, du cho-colat et des échos de la feria d'Arles ou de Nîmes, je ne sais plus. Je n'eus pas le temps de penser au balafré. Une semaine s'acheva, et encore une autre. Ma convalescence suivait son cours, je progressais rapidement dans l'art de poser un pied après l'autre et me faisais fort maintenant de sautiller le long de la plage, entre mes béquilles légères, sans perdre de vue ma chaise longue. J'y gagnais de pouvoir m'appro-cher de l'eau et de passer l'après-midi sur un pliant à regarder mourir les vagues devant mes pieds, jusqu'au moment où l'apparition du der-nier groupe de flamants, haut dans le ciel, m'indiquait l'heure de rentrer.

Or, il arriva qu'un soir de mai, lorsque je repris mon pliant pour m'en revenir, l'homme au chapeau de paille noir se tenait debout près de ma chaise. De loin, je vis qu'il s'était emparé du journal que j'y avais laissé et je crus lire sur son visage qu'il était contrarié par mon retour inopportun.

— Vous pouvez le prendre, lui criai-je. Je l'ai lu de la première ligne à la dernière. Et j'ai fini les mots croisés.

Mais il replia le journal soigneusement, le reposa et s'éloigna sans dire bonjour ni bonsoir, tandis que j'allumais la première cigarette de la soirée pour accompagner le regret de n'avoir pas trouvé les mots qui auraient retenu Éphraïm, à supposer que ce fût lui.

Ainsi commença pour moi une relation de quelques semaines — oserai-je dire : une amitié ? — qui connut deux moments distincts, deux saisons. La première fut lente, retorse, précautionneuse, rituelle. La seconde se consuma dans le temps d'un feu d'artifice, un soir de 14 juillet.

Voici la succession des faits dont je me souviens.

Tous les après-midi, à partir de notre deuxième rencontre, je pris l'habitude d'abandonner le journal sur ma chaise vide et je me débrouillais pour réapparaître quand mon compagnon l'avait parcouru. Alors, tout en restant à bonne distance l'un de l'autre, nous marchions ensemble sur la plage jusqu'à la tombée de la nuit, nous observions les lumières lointaines des chalutiers ou des yachts ancrés au large, et nous nous efforcions de repérer, du côté de la Camargue, dans le fouillis des clignotements, le signal du vieux phare de l'Espiguette.

Comme les déplacements m'étaient pénibles, je cherchais des prétextes pour marquer des pauses sur mes béquilles. Tous les trente ou quarante pas, je tombais en arrêt devant une étoile de mer ou une méduse qui s'était fait surprendre par le reflux. Ou bien, j'approchais de mes yeux la montre suisse que j'ai héritée de ma tante Eliana et je mesurais le temps qui sépare deux vagues successives, avec l'espoir (toujours déçu) de pénétrer le cœur de la grande horloge cosmique. Dans le même ordre de stratagèmes, je me rappelle qu'une fois, à court de souffle, je feignis d'admirer une maison au toit pointu, tracée sur le sable mouillé par un enfant à l'imagination consternante. Mon compagnon s'approcha du gribouillis et entreprit de l'améliorer ou plutôt de le refaire avec la pointe de son couteau. En quelques minutes, je vis surgir une ferme dans la montagne, des prairies, des bois, du bétail.

— Vous devriez signer votre œuvre, lui dis-je quand il eut fini. Vous êtes un dessinateur de première force ! (J'avais découvert le matin même, dans le journal, l'expression « de première force », je tenais à l'employer.)

Il marmonna des mots incompréhensibles, s'éloigna de quelques pas et s'agenouilla au bord de l'eau pour commencer un autre paysage. Sous la lumière frêle de la lune, je reconnus une colonne d'éléphants gravissant un col.

— Demain la mer aura tout effacé. Quel dommage que je ne sois pas photographe !

J'eus bien des occasions de renouveler ce regret. Rien qu'avec les dessins du mois de juin, on aurait composé un album à l'usage des amateurs. Parmi de nombreuses vues de la montagne, on aurait pu y découvrir un loup de sable suspendu à un croc de sable, et tout un bestiaire de sable (aigle, renard, fouine et chevaux). Mais pas une seule figure humaine. Pas un visage. Aucun portrait qui aurait évoqué Bienvenu, Lise, Lucrèce, Émilien, les deux Eliana, Thélonia, Grigori, Sonia, Bobette, Leruiss, Soqdeleau.

Le soir du 14 juillet arriva. Je sortis au coucher du soleil étrenner ma canne en bois des îles, cadeau de Zita. Il y avait foule sur la plage, les enfants couraient en criant dans les dunes, un marchand de glaces avisé proposait des cornets à quatre boules pour le prix de trois. À ma grande surprise, je vis que mon compagnon avait glissé deux roses rouges dans la boutonnière de son veston. Lorsque, sans dire un mot, je lui montrai les fleurs, il en retira une délicatement, la respira et me la tendit.

— Permettez-moi de vous remercier en vous offrant un verre, lui dis-je. Il y a longtemps que j'attendais cette occasion.

Il se laissa conduire vers la terrasse d'un café d'où je pensais qu'on pourrait voir le feu d'artifice. Je commandai une bouteille de bordeaux. Puis une seconde. Je n'avais pas bu depuis le jour de mon accident. Et le dieu du vin se vengea : il me fut bientôt impossible de m'en tenir à ce laconisme de bon aloi que ma jumelle me reproche.

— J'ai su tout de suite qui vous étiez, déclarai-je avec une autorité qui ne m'était pas naturelle.

« Tout de suite, oui, je l'ai su ! repris-je, un ton plus haut pour être sûr qu'il m'entendrait. Mais vous ne m'avez pas reconnu, ce qui est normal : j'étais un enfant quand vous viviez chez ma marraine.

Rien dans le regard de mon ami n'indiquait qu'il avait compris ce que j'avais dit ni qu'il pressentait vers quoi je me dirigeais inexorablement. Il ne buvait pas mais tenait son verre à deux mains, devant les yeux. Je suppose qu'une partie des lumières de la fête s'y reflétait et que ce miroitement constituait une diversion dont il se contentait.

— Je sais pourquoi vous m'avez offert une rose. Et pourquoi l'autre vous revient. Le 14 juillet 45, vous ne l'avez pas oublié! Le plus beau du siècle, n'est-ce pas? Vous étiez jeune, vous avez dansé toute la nuit! La barbarie vaincue, la fraternité retrouvée, c'était bien l'avenir que vous fêtiez?

Il avait reposé son verre sur le guéridon sans y toucher et son regard errait dans la foule qui se pressait vers la jetée. Les phrases que je proférais avec une indignité grandissante n'étaient pas celles que j'aurais voulu prononcer, elles prenaient la place des mots simples qui ne se présentaient pas.

— Vous étiez le prodige de la montagne. Un don vous avait été accordé. Moi, je suis un autodidacte. Le peu que j'ai appris en géographie, en histoire, je vous le dois...

Il y eut une détonation dans mon dos. C'était la fusée qui signalait le début du feu d'artifice. Tous les visages (à part le mien) se tournèrent vers le ciel où s'éparpillaient les chandelles de feu, les gerbes et les fontaines lumineuses.

— Après votre départ, continuai-je sans me laisser distraire par les explosions, notre vie au mazet a été bien différente. Ma tante Eliana a perdu la tête. Elle a dû faire des séjours dans une maison de repos. C'est alors que Leruiss et Soqdeleau...

J'avais dû hausser encore la voix pour me faire entendre. Au moment où je prononçais le nom d'Eliana, mon compagnon me regarda avec tristesse comme s'il venait de découvrir que j'étais capable de le trahir. Quand je nommai ses camarades de maquis, il se leva. Que pouvais-je faire? Avec ses épaules hautes, son corps maigre, son visage osseux et sa fine cicatrice, il était le héros de ma mémoire. Moi, je n'avais rien fait de bon de ma vie et je m'étais accommodé de l'existence comme d'une infirmité. Mais j'avais ce feu dans les veines. J'étais lancé, rien ne pouvait plus m'arrêter. Je payai les consommations et partis en boitillant derrière le vieil homme qui me fuyait. Je n'avais aucun moyen de le rejoindre ni de rattraper mon erreur. Il marchait tellement plus vite que moi. Et il semblait si décidé. Je savais qu'il allait quitter la ville et reprendre ses errances de vagabond. Alors il ne me resterait que le sentiment d'une amitié gâchée par ma faute.

Je voyais le chapeau de paille noir s'amenuiser au milieu des casquettes rouges. Je suais et boitais comme un démon. Bon Dieu, s'il pouvait se retourner! me répétais-je. Tout peut encore s'arranger! Mais il ne se retourna pas. Sa silhouette se confondait de plus en plus avec la nuit, son chapeau se réduisait à la taille d'une soucoupe. Puis j'aperçus au bout d'un quai un confetti noir qui s'éloignait entre les mâts. Et qui disparut.

Je m'arrêtai, le souffle court, au milieu d'un groupe de vacanciers qui mangeaient des glaces américaines. Je criai : Éphraïm! Éphraïm!

Et ce fut tout.

Mes remerciements à madame Gisèle Bouët qui m'a permis de prendre connaissance des lettres de Norvège écrites par Charles Bouët en avril et en mai 1940.

Parmi les autres documents et les livres que j'ai consultés, je voudrais mentionner le témoignage de M.J. Torris, *Narvik*, 1942, et l'ouvrage de Marcel Charvin, *Arêches-Beaufortain*, 1981.

J.-P.M.

Composition réalisée par EURONUMÉRIQUE

IMPRIMÉ EN ALLEMAGNE PAR ELSNERDRUCK
Dépôt légal Édit. : 11366-05/2001
Librairie Générale Française - 43, quai de Grenelle - 75015 Paris.
ISBN : 2-253-15058-4   ◈ 31/5058/8